Walter W. Braun

Zwei ungleiche Brüder im Fadenkreuz

des Schicksals

Kinzigtäler Generationenroman

Bibliografische Information der Deutschen Nationalbibliothek:
Die Deutsche Nationalbibliothek verzeichnet diese Publikation in der Deutschen Nationalbibliografie; detaillierte bibliografische Daten sind im Internet über http://dnb.dnb.de abrufbar.

Illustration: Walter W. Braun
Cover-Bild: kostenfrei von Gerd Altmann auf Pixabay

Herstellung und Verlag: BoD – Books on Demand, Norderstedt

ISBN 978-375-266-046-3

Inhaltsverzeichnis

Vorwort

Wer kennt sie nicht, die Geschichte aus der Bibel im Buch Genesis, wo im 1. Kapitel von Kain und Abel, den Söhnen Adams und Evas berichtet wird.

Kain neidete seinem Bruder den Segen Gottes, der Abels Opfer gnädig annahm und seines nicht. Begründet wird dies in Kains Herzenseinstellung zu Gott. Abel opferte aus Dankbarkeit nur das Beste vom Besten und Kain aus Gewohnheit und vom Überfluss.

Hinterhältig erschlug Kain seinen Bruder und damit kamen zum Neid auch noch Mord und Totschlag in die Welt. Neid ist eines der Hauptübel der Menschheit. Aus Hass und Neid entstanden und entstehen immer wieder Streitigkeiten. Ihr folgen Elend, Leid, Flucht, Vertreibung und Tod.

In dem erwähnten Bericht, zog Kain in ein anderes Land – das heißt in eine andere Region, die vermutlich nicht sehr weit vom Ursprung entfernt gewesen sein wird – und baute „jenseits von Eden" für sich und seine Sippe eine Stadt, der er den Namen Nod gab.

Es ist denkbar und nachvollziehbar, dass er sich vor der Sippe Abels fürchten musste, die den Tod ihres Stammesführers nicht ungestraft hinnehmen, sondern rächen wollte.

Man erinnere sich auch an Jakob und Esau, die als Zwillinge geboren wurden. Esau war der Erstgeborene und ihm stand, nach damaliger Sitte, das alleinige Erbe zu.

Jakob verstand es, mit List und dank der Hilfe seiner Mutter Rebekka, den Vater Isaak zu täuschen und für sich das Erstgeburtsrecht und somit den ihm wichtigen väterlichen Segen zu erschleichen. Danach musste er vor der Rache seines Bruders Esau fliehen und zog zu seinem Onkel Laban. Erst 14 Jahre später kehrte er als reicher Mann in seine Heimat zurück und versöhnte sich mit seinem Bruder. Der Lieblingssohn seiner 12 Kinder war Josef, den seine Brüder wegen seiner besonderen Fähigkeiten hassten, erst töten wollten, dann schließlich als Sklave nach Ägypten verkauften. Dank seiner Gaben und Fähigkeiten stieg er dort am Königshof zum zweiten Mann auf. In dieser hohen Position rächte er sich später nicht an seinen Brüdern, sondern half ihnen, nachdem eine Hungersnot in Israel ausgebrochen war und sie auf der Suche nach Hilfe und Vorräte nach Ägypten gezogen waren.

Die Geschichte könnte noch viele weitere solcher Beispiele an brüderlicher Eifersüchteleien, getragen von Neid und Habgier nennen. Das wird auch solange bleiben, wie Menschen auf diesem Planeten existieren. Die negativen Grundlagen dafür sind wohl schon in den Genen angelegt oder es bestätigt, wie es die Kirche formuliert: „Der Mensch ist zur Sünde geneigt."

Unfair

Das Leben ist sehr oft nicht fair,
Manchen begünstigt es allzu sehr,
Weil sich natürlich oft die Reichen,
Den Wohlstand nur erschleichen.

Wohlhabenheit beruhigt ungemein,
Aber Millionen müssen es nicht sein,
Gedenk der Armen dieser Welt,
Denn es zählt nicht nur das Geld.

Mensch sei gütig denke Weise,
Bald gehst du auf die große Reise,
Was nützet' dir das ganze Raffen,
Das letzte Hemd hat keine Taschen.

Rei©Men

1

Eine schwere Entscheidung

Versonnen und nachdenklich blickte Reinhold Frank vom Aussichtsturm auf dem Urenkopf in die Runde und ins weite Tal hinaus. Unter ihm lag sein Heimatstädtchen Haslach im Kinzigtal, da wo seine Wurzeln sind und seit undenklichen Zeiten auch die seiner Vorfahren. Mit innerer Freude sah er das silberglänzende Band der Kinzig, das sich als gemächlicher Fluss gegen Westen hinschlängelte. Die Silhouette von Steinach schimmerte im Dunst der abendlichen Sonne. Es ist der Nachbarort, die Heimat seiner Frau, die da geboren wurde und aufgewachsen ist.

Wenn er sich umsah, fiel sein Blick nach links im Seitental noch auf die verstreut liegenden Häuser in Mühlenbach und im anderen Tal auf das liebliche Hofstetten, dessen traditionelle Bauernhöfe und Häuser sich sanft an die Hänge schmiegen. Dort ist auch das Gasthaus „Schneeballen", wo Heinrich Hansjakob so gerne verweilte und am Waldrand steht seine Kapelle, die er noch zu seinen Lebzeiten als Grab für sich hatte bauen lassen.

Heinrich Hansjakob war der bekannteste Haslacher Bürger und lebte Ende des 19. bis Anfang des 20. Jahrhunderts. Er war Badischer Abgeordneter und als Pfarrer nannte man ihn den „Rebell im Priesterrock". Der zwei Meter große Mann war in der damaligen Zeit ein Hüne, und er opponierte wortgewaltig gegen Staat und Kirche, was ihm viel Misshelligkeiten einbrachte. Mit rund 70 veröffentlichten Büchern und hohen Auflagen gilt er –

auch nach heutigen Maßstäben – als Bestsellerautor und war entsprechend beim einfachen Volk sehr geachtet.

„In Kürze kommt mein 65. Geburtstag", sinnierte Reinhold nachdenklich weiter, „den ich im Kreise meiner Familie und mit meinen Freunden und guten Geschäftspartnern gebührend feiern möchte. Damit ist die Zeit gekommen, wo ich mir vorgenommen habe, mich aus dem aktiven Geschäftsleben zurückzuziehen und die Leitung meines Unternehmens, in die Hände meiner beiden Söhne zu übergeben."

Bei diesem Gedanken durchzogen tiefgehende Sorgen sein Gemüt. Er ängstigte sich vor dem, was kommen würde, aber doch sein musste; dessen war er sich ganz sicher. Nur, er wusste noch nicht, wie er seine Entscheidung, zu der er sich inzwischen nach vielen schlaflosen Nächten durchgerungen hatte, am besten umsetzen sollte. Noch mehr Sorgen bereitete ihm die Frage, wie es seine Söhne aufnehmen würden?"

„Wenn ich vom letzten Drittel meines Lebens" – so beliebte er immer scherzhaft zu sagen – „noch etwas haben will, habe ich keine andere Wahl und muss die Sache zu Ende bringen." Ihm war nun wichtig, seinen Plan schnell verwirklicht zu haben, und danach beabsichtigte er mit seiner Frau den Lebensabend größtenteils des Jahres in Ruhe im milden Klima des Südens zu verbringen.

Unwillkürlich sah er im Geiste seine Söhne vor sich. So stolz er auch auf beide war, wusste er wohl, wie unterschiedlich sie in ihrem Charakter und Wesen tatsächlich sind. Sein Ältester Heinz, ein lieber Sohn ohne Allüren, war im Grunde genommen bisher immer pflegeleicht gewesen. „Selbst in der Pubertät flippte er nie aus und machte uns nie die üblichen Sperenzchen. Dazu war er seit den Kindertagen handwerklich äußerst geschickt, ein Pragmatiker und guter Techniker, aber leider auch ein Bruder Leichtfuß."

Sein ältester Sohn nahm im Leben alles locker und leicht, dabei ging er lieber schon mal einen Schritt zu weit. Nicht selten schoss er gewollt oder ungewollt ein wenig über das Ziel hinaus und riskierte dabei Kopf und Kragen. Dagegen arbeitete er als Techniker sehr präzise und zeigte dabei ein außerordentliches Talent.

Noch viel lieber würde er aber wohl als Profi-Bergführer arbeiten und tagtäglich irgendwo in den Alpen oder lieber noch in Nepal oder Patagonien unterwegs sein. Der Beruf und sein Platz im Unternehmen dienten ihm bisher immer nur als Mittel zum Zweck, so empfand er es jedenfalls als Vater und Unternehmer.

Viele Stunden in seiner Freizeit verbrachte der Sohn mit Sport, joggte oder man sah ihn mit dem Bike durch die Gegend streifen. Wie oft hatte er sich freitags nach Feierabend, ohne viele Worte zu machen, einfach in sein Auto gesetzt und war noch in den Abendstunden in die Berge gefahren. Spät am Sonntagabend kam er endlich zurück – manchmal auch erst am Montagmorgen und ging dann direkt gleich in den Betrieb.

Außer vielen Freundschaften mit wechselnden Liaisons interessierte er sich kaum für das weibliche Geschlecht und bisher ging er auch jeder festen Bindung aus dem Weg. Kam es doch einmal zu einer längeren Bekanntschaft, ging die Initiative mehr von den jungen Frauen aus, denn er war groß, sportlich und durchaus attraktiv. Mal kam die eine, mal die andere mit ihm nach Hause, aber der Frage: „Ob es nicht bald an der Zeit wäre, eine dauerhafte Beziehung einzugehen?", ging er konsequent aus dem Wege oder gab ausweichende Antworten.

„Sicher, die heutige Generation hat es nicht mehr so eilig mit dem Heiraten und will sich lieber erst austoben oder noch besser, auf Dauer ungebunden bleiben, sind aber die Dreißig überschritten, sollte man schon wissen, wo es lang gehen wird", so redete ihm seine Mutter öfters mahnend einmal ins Gewissen.

Sein zweiter Sohn Kurt dagegen ist ganz anders gestrickt. Von Natur her ist er ein typischer Kopfmensch; sehr intelligent, mit einem fotografischen Gedächtnis und schneller Auffassungsgabe.

Sein Abitur schloss er in Hausach als Jahrgangsbester ab und bekam dafür vom Bürgermeister eine Medaille und einen Preis der Industrie überreicht. Sein Studium im Maschinenbau an der RWTH Aachen bewältigte er mit Bravour und ohne Verzögerung, und am Computer zeigt er sich als wahres Genie.

Schon als Gymnasiast hielt er sich mehr in der EDV-Abteilung als auf Partys oder bei Freunden auf, und er bastelte da schon gerne an Programmen und diskutierte währenddessen endlos und klug mit den IT-Fachleuten. Nicht selten wies er ihnen sogar die richtigen Wege und führte sie auf die Spur von Neuentwicklungen; zeigte ihnen wo es in der Zukunft hingehen wird.

Schon während des Studiums gab er praktische Tipps zu Rationalisierungen in der Fertigung und verschaffte sich gleichzeitig Respekt durch sein fundiertes Wissen in der Metallurgie. Unterschwellig sehen seither alle Verantwortlichen in ihm schon den zukünftigen Chef des Unternehmens. Dessen ist er sich vermutlich auch durchaus bewusst und setzte sich durch, ohne Druck auf Einzelne ausüben zu müssen. Sein Führungsstil ist natürliche Autorität, gepaart mit Sachverstand und Laisser-faire, wenn dies nicht den Interessen am Arbeitsplatz entgegensteht. Da fühlte sich niemand gegängelt, sondern er gab allen das Gefühl, respektiert und unter seinesgleichen gefragt zu sein.

Sportlich dagegen hatte er bisher wenig im Sinn. Man kann zwar nicht sagen, dass er unsportlich wäre, und auch die Noten im Gymnasium hielten sich in den von ihm gewählten Sportarten durchaus im Rahmen. Lieber spielte er jedoch Schach und da war ihm kaum ein Gegner gewachsen. Mehr widmete er sich seinem anderen Hobby, der Fotografie, und in den letzten Jahren floss viel von seinem Taschengeld in die hochwertige Ausrüstung. Zudem bekam er bei Neuanschaffungen von den Großeltern manche Scheine zugesteckt, die er nie ablehnte, sondern zweckgemäß einsetzte.

12

Wenn Reinhold über seine beiden Söhne nachdachte, war ihm schon früh klar geworden – und sein Bauchgefühl bestätigte das –, dass sein Zweiter das Unternehmen einmal übernehmen und führen sollte. In ihm sah er in dieser schnelllebigen Zeit mit seinen globalen Herausforderungen auf dem Weltmarkt die geeignetere Führungskraft für sein Unternehmen: „Entschlossen, entscheidungsfreudig, durchsetzungsfähig und mit blitzschneller Auffassungsgabe." Das wird in den kommenden Jahrzehnten notwendiger denn je sein, da war sich Reinhold sicher – und noch wichtiger ist das Quäntchen Glück, immer die Nase vorne zu haben.

„Was wird dann aber mit seinem älteren Sohn werden? Wie wird er reagieren; wird er die Entscheidung akzeptieren und mittragen?" Das bereitete Reinhold Frank die größte Sorge. „Jetzt ist es aber an der Zeit die Sache zu Ende bringen und Nägel mit Köpfen machen", rekapitulierte er in Gedanken versunken.

Fast erschrocken stellte er fest, wie spät es schon geworden war. Längst war die Sonne über der Sommerhalde verschwunden und mit einer fantastisch rötlichen Färbung des Himmels hinter dem Horizont untergegangen. Schon wurde es merklich kühler. Erst jetzt wurde ihm bewusst, dass er nicht einmal eine Jacke mit sich führte. Die Sonne war mittags, als er losging, viel zu warm gewesen um daran zu denken. „Da hilft jetzt nur, ich muss einen Zahn zulegen und schneller laufen, dann wird mir schon warm werden", überlegte er und machte sich alsbald zügig auf den Weg.

Schnellen und weiten Schrittes eilte er abwärts dem Städtchen entgegen, lief zügig, doch ohne Eile durch die Eisenbahnstraße, grüßte bekannte Gesichter und Personen, wenn sie ihm begegneten, und wechselte mit dem einem Bekannten oder anderen auch noch kurz ein paar nette Worte. Schon hatte er die Kinzigbrücke erreicht, wo er den Fluss überquerte, um dann in Richtung des Ortsteils Schnellingen weiterzumarschieren.

Kurz blickte er noch einmal zurück und hoch zum Urenkopf, dem Scheitelpunkt des Kinzigtals, dem Mühlenbacher- und Hofstetter Tal, von wo er soeben hergekommen war. Der die Bäume hoch überragende Aussichtsturm gab ihm eine gute Orientierung. Überrascht wurde ihm dabei bewusst, welche weiten Strecken und große Entfernungen man doch in relativ kurzer Zeit zu Fuß zurückzulegen vermag. Ja, unsere Altvorderen haben alles zu Fuß laufen müssen und kamen so auch in die Täler und über die Höhen. Gerade der erwähnte Haslacher Heinrich Hansjakob ist dafür ein beredtes Beispiel, denn er war weitgehend zu Fuß durch die Landschaften des Kinzigtals und dessen Dörfer und Weiler gelaufen, die er in seinen Büchern beschrieben hatte, und nur wenige Wege und Straßen ist er auf einem Pferdegespann oder in einer Kutsche mitgefahren, ging es Reinhold durch den Kopf, als er dann festen Schrittes durch die Haustüre in sein Heim schritt.

Seine Frau erwartete ihn schon ungeduldig: „Du kommst heute aber spät zum Abendessen" sagte sie lächelnd und gab ihm einen Kuss. „Ich habe mich ein wenig verbummelt, doch es wartet ja nichts Besonderes mehr auf mich. Dafür war heute der Tag so schön und der Abend kann noch lange andauern", gab Reinhold lässig zurück.

Der Urenkopfturm oberhalb von Haslach im Kinzigtal

2

Wo die Wurzeln sind

Schon sein Großvater Arnold gründete in Haslach eine Schmiede und wurde als Handwerksmeister zum angesehenen Hufschmied im Ort. Täglich beschlug er drei oder vier Pferde, die man damals noch überall bei der alltäglichen Arbeit einsetzte und antraf, sei es, dass sie die Kutschen zogen oder den Bauern auf den Feldern den Pflug.

Alle kamen sie zu ihm in die Schmiede, wenn ein Pferd neue Eisen brauchte, die Bauern, die Kutscher, jeder Besitzer eines Reitpferdes. Für den Pflug waren außerdem regelmäßig neue Pflugscharen nötig oder die abgenützten mussten gedengelt werden, das heißt, sie wurden in der Esse glühend erhitzt und dann auf dem Amboss mit gezielten kräftigen Hammerschlägen neu geschärft. Und wenn es da nichts zu tun gab, dann fertigte der vielseitige Handwerker für die Feldarbeit allerlei Gerätschaften, wie Gabeln für Mistharken, Hacken und Spaten auf Vorrat. Diese verkaufte er nebenbei, oder er stellte für die Kundschaft eiserne Hoftore und reich verzierte schmiedeeiserne Gitter her.

Gerne erinnerte sich Reinhold daran, wie er immer wieder beim Opa Arnold an seiner Seite an der Esse stand und ins lodernde Feuer blickte. War das ein Spaß, wenn der Blasebalg satt hineinblies, das Feuer zischte und aufsprühte, während das Eisen sich darin rotglühend zu verfärben begann. Mit kräftigen Armen und schweren Hammerschlägen bearbeitete sein Opa anschließend das Eisen, formte es zum Werkzeug, wie wenn es weich wie Teig wäre. Dazu brauchte er weder eine Zeichnung noch eine Schablone. Sämtliche Details hatte er im Kopf gespeichert und jeder Schlag saß präzise, exakt und millimetergenau an der richtigen Stelle. Ein Philosoph hätte betont wie hier der Meister die vier Elemente beherrschte: Feuer, Eisen (Erde), Wasser und Luft.

Sein Vater Fritz lernte dagegen einst das Mechaniker-Handwerk in einer Hausacher Gesenkschmiede und erwies sich nebenbei schon in jungen Jahren als einfallsreicher, findiger Tüftler. Immer wieder kamen ihm neue Ideen, die er versuchte in der Praxis umzusetzen.

Schon mit 24 Jahren hatte er die Meisterprüfung abgelegt und bereits zwei 2 Jahre später wagte er den Schritt in die Selbständigkeit. Er gründete ein Geschäft, das er in Haslach in einer Garage, neben der Schmiede seines Vaters betrieb.

Anfangs nahm er jeden Auftrag an, der ihm zugetragen wurde und nichts war ihm zu gering. Wenn es sein musste, reparierte er auch Motor- und Fahrräder. Mehr Freude bereitete ihm aber, an der Drehbank zu stehen, die er günstig gebraucht gekauft hatte. Eifrig drehte er an den Rädern und behielt das Werkstück fest im Blick. Vor ihm drehte sich das in die Backen eingespannte Metallstück und wurde so lange bearbeitet, bis es die endgültige Form hatte, die sein Plan vorgab. Zwischendurch musste er sorgfältig mit einem Pinsel die messerscharfen Späne entfernen und gab immer wieder Schneidöl auf das Drehteil, das zischend verdampfte und rauchend sich unangenehm im kleinen Raum ausbreitete. Das waren eingespielte Abläufe, wie sie ein routinierter Tüftler draufhaben musste. Unermüdlich drehte sich im Nebenraum der Motor, der die alte, aber noch präzise arbeitende Drehbank über einen leicht flatternden und knatternden Transmissionsriemen antrieb. In gewissen Abständen nahm er einen Harz-klumpen und behandelte damit den Riemen, damit dieser griffig blieb und nicht durchrutschte. Zudem sollte das Leder damit elastisch genug bleiben und der Riemen nicht brach.

Mitte der 30er-Jahre des letzten Jahrhunderts entwickelte sich im Kinzigtal eine solide Industrie. Überall entstanden kleinere Betriebe, die Vorrichtungen für die Produktion benötigten, und selbst bei der Deutschen Reichsbahn fiel hin und wieder ein kleiner Auftrag für ihn ab. Längst war die Garage zu klein geworden und er hatte die Werkstatt mit einem Anbau an der Schmiede vergrößert. Zuletzt hatte sein Vater die Schmiede aus gesundheitlichen Gründen nicht mehr betreiben können und ist dann leider auch bald darauf viel zu früh verstorben.

Wurzeln

Als alles verging, zerrann,
das große Unheil begann,
wollt' zu den Wurzeln gelangen,
das Schicksal hielt mich gefangen.

Mein Wille ist wieder gestählt,
viele neue Ziele sind gewählt,
nur nicht den Mut aufgeben,
weiter gehen muss das Leben.

Zurück kam neues Glück,
in mein altes Leben,
die Freiheit des Handelns,
werd' ich nie mehr aufgeben.

Rei©Men

Seither stand die Schmiede still, blieb aber im Ursprung erhalten und wurde später in den größeren Werkstattraum integriert. Hin und wieder feuerte Reinhold die Esse wieder an und nahm sie in Gebrauch. Mehr aus Nostalgie oder als Hobby fertigte er für Haslacher Bürger oder Kunden aus der Umgebung mal ein schmiedeeisernes Geländer, manchmal ein Gartentor oder er formte ihnen ein spezielles Werkstück. Ein schönes Stück als Geschenk bei besonderen Anlässen kam für gute Freunde und Bekannte auf diese Weise auch gelegentlich zustande.

Während er stundenlang an der Drehbank stand, und selbst, wenn er Muße in seiner spärlichen Freizeit hatte, spukte ihm seit längerer Zeit eine Idee im Kopf herum. In vielen Haushalten, und speziell in den Bauernhäusern, stellten die Hausfrauen noch selber aufwendig eigene Nudeln her, die bei keinem Festessen auf dem Tisch fehlen durften. Und nur die Selbstgefertigten waren gut genug, oder genauer betrachtet, hatten auch nur wenige normale Privathaushalte das Geld, Marken-Nudeln, wie die von Birkel, im Geschäft zu kaufen. Da kamen stattdessen dann zu besonders feierlichen Anlässen eben selbstgefertigte Nudeln auf den Tisch, sonst tagaus, tagein nur Kartoffeln vom eigenen oder gepachteten Acker.

Auf selbstgemachte Nudeln war jede Hausfrau besonders stolz, das war sozusagen ihre Visitenkarte. Dafür bereitete sie den Teig, gab mehrere Eier hinein, damit er schön gelb wurde, walzte lange mit dem Nudelholz, streute zwischendurch Mehl drunter und drüber, damit der Teig nicht klebte und riss. Mehrere Eier waren ein Luxus. Da handelte sie nicht wie die Schwaben, von denen es hieß: „Sie verwenden beim Backen ein ganzes halbes Ei!"

Die Teigherstellung war genau betrachtet eine zeitaufwendige Prozedur und kostete viel Kraft. War der Teig dann gut geknetet und gewalzt und hatte endlich die richtige Konsistenz, musste er ruhen und wurde dafür auf einem Tuch ausgebreitet.

Im nächsten Schritt breitete die Bäuerin den etwa einen halben Quadratmeter ausgewalzten Teig erneut auf dem Tisch aus und schnitt ihn mit einem Rädler in etwa zwei Zentimeter breite Streifen. Diese Streifen wurden anschließend über eine Leine zum Trocknen aufgehängt. Hinterher konnten die trockenen, fertigen Nudeln längere Zeit gelagert und aufbewahrt werden, bis es Zeit war, sie in den Topf zu bringen, wo sie im heißen Wasser gar kochten. Selbstgemachte gute, breite Nudeln waren und sind ein kulinarisches Gedicht, schmecken vorzüglich und wurden und werden gerne zu Sauerbraten oder Rinderbraten serviert. Dazu gab es eine aus gekochten Knochen zubereitete und mit Gewürzen abgeschmeckte feine Bratensoße. Solch ein Festessen verwöhnte jeden Gaumen. Allein wenn Fritz nur daran dachte, lief ihm schon das Wasser im Munde zusammen.

Nach monatelangen Überlegungen und vielen zündenden Ideen, die er sofort in Skizzen auf dem Papier festhielt, setzte der begabte Tüftler seinen Plan um und entwickelte eine Maschine, mit der jedermann auf einfache Weise Nudeln herstellen konnte. Das fertige Gerät war zudem handlich und konnte einfach am Küchentisch mittels einer dazu gehörenden Schraubzwinge befestigt werden.

Mit einem Prototyp stellte er mit Hilfe seiner Frau die ersten Versuche im eigenen Haushalt an und das Ergebnis entsprach exakt ihren Vorstellungen. Die Nudeln waren gleichmäßig und fest. Besonders freute er sich, dass sogar seine Mutter zufrieden war und ihn lobte. Da wusste er, dass auch andere Hausfrauen damit umgehen und so ein Gerät gut gebrauchen können, was ihnen die Arbeit zukünftig etwas erleichtern würde.

Im praktischen Gebrauch des Nudelgerätes brauchte der fertige Teig nur noch in rund fünfzehn Zentimeter breite und einen halben Meter lange oder längere Streifen geschnitten werden, die man dann mit einer Hand in die Maschine führte. Mit der anderen

Hand wurde derweil die Kurbel gedreht. Nebenbei gab es noch die Möglichkeit drei unterschiedliche Nudelbreiten einzustellen und die Nudeln mit gleichbleibender Dicke zu schneiden. Die auf diese Weise hergestellten Nudeln wurden sehr gleichmäßig, wie wenn sie von der Fabrik kämen.

Er hatte noch ein halbes Jahr damit zu tun, einige Dinge fein zu justieren und das Gerät zu optimieren, dann meldete er die Erfindung zum Patent an. In den regionalen Zeitungen wurde anschließend mit dem Slogan geworben: „Praktische Hilfe für die Hausfrau – perfekte Nudeln selber herstellen." Für die Zeit während der jährlichen Herbstmesse Ende September in Offenburg stellte er extra einen Mitarbeiter ein, der dort das Gerät vorstellte und vor Ort auf Provisionsbasis verkaufte. Dabei hatte er mit dem Mann richtiges Glück und einen erfolgreichen Hochdruckverkäufer gefunden. Schnell wuchs der Umsatz und Jahr für Jahr verkaufte er größere Stückzahlen. Bald stellte er auch nach und nach neue Mitarbeiter ein, die für eine schnellere Fertigung sorgten, um der großen Nachfrage gerecht zu werden.

Unerwartet und ohne größeres Zutun wurden die Gasthäuser zu einer weiteren, wichtigen Zielgruppe. Die Köche servierten auch gerne Nudeln „wie selbstgemacht", und auch damals musste es in der Küche schnell gehen. Nicht weil „Zeit Geld ist", sondern hungrige Gäste ungeduldig auf das bestellte Essen warteten. Für diese Gruppe hatte Fritz speziell eine etwas breitere Version entwickelt und auf den Markt gebracht, die die Herstellung größerer Mengen Nudeln in kurzer Zeit erleichterte.

Längst war die alte Schmiede stillgelegt, doch sie war immer noch im Urzustand erhalten geblieben, und Reinholds Wille war es, sie solle als Denkmal so erhalten bleiben, wie sie zuletzt der Großvater und danach sein Vater betrieben und hinterlassen hatten.

Die besten Jahre für „die Fabrik", wie sie später allgemein in der Bevölkerung genannt wurde, waren Mitte bis Ende der 30er- und nach 1945 noch bis Mitte der 1950er-Jahre. Schon lange wurden die Nudelmaschinen wurde deutschlandweit vermarktet und es gab kaum ein Haushaltswarengeschäft, das sie nicht im Programm führte. Während des Krieges gab es einen Einbruch; nicht wegen mangelnden Bedarfs, sondern weil es zunehmend am Material fehlte. Selbst die wichtigsten Mitarbeiter waren außerdem zum Kriegsdienst eingezogen worden, und so musste die Produktion eingeschränkt werden. Andererseits hatte die Bevölkerung andere Sorgen, wie selber Nudeln herzustellen. Die meisten Menschen waren gegen Ende des Krieges und lange Zeit danach froh, überhaupt etwas zu essen zu haben.

Nach der Währungsreform 1948 erfreute sich das Unternehmen nochmals an einer wahren Blütezeit, es ging kurzzeitig richtig aufwärts und der Vater schöpfte neue Hoffnung, dass sein Patent erneut und weiterhin ein Renner werden würde. Doch schon mit Beginn der 60er-Jahre gingen die Umsätze rapide zurück.

Die Frauen drängte es in die Berufe und sie hatten für die Nudelherstellung keine Zeit und kein Interesse mehr. Hinzu kam, dass vermehrt namhafte Nudelhersteller wie Birkel, Nudelpeter und andere, qualitativ und geschmacklich sehr gute Ware zu günstigen Preisen anboten, die es in den örtlichen Kolonialwarengeschäften und dörflichen Kaufläden zu erwerben gab. Und andere Vertriebswege kamen noch hinzu. Kleinhändler – meist Hausfrauen im Ort, die sich ein Zubrot verdienen wollten – lieferten die bestellte Ware direkt ins Haus. Da wollte doch keine Hausfrau mehr stundenlang in der Küche stehen und aufwendig Nudeln herstellen.

Noch waren Reinhold die schlaflosen Nächte seines Vaters sehr gegenwärtig, der sich viele Gedanken machte, wie er über die Runden kommt und ob er in der Lage sein wird, die Löhne zu erwirtschaften, die er wöchentlich den Arbeitern und Angestellten auszahlen musste. Dieses Geld sollte in der Kasse klingeln, damit man es nicht als Bargeld vom Konto bei der Sparkasse holen musste.

Reinhold hatte nach acht Schuljahren mit guten Noten die Volksschule verlassen und danach zwei Jahre die Handelsschule in Hausach besucht. Hinterher folgte eine Mechaniker-Lehre in einem Biberacher Landmaschinenbetrieb. In dieser Zeit hielt Reinhold schon Augen und Ohren für neue Produkte offen, die das väterliche Unternehmen vielleicht noch retten könnten und somit auch Lohn und Brot für die Familie der Beschäftigten.

Mehrmals besuchte er mit dem Meister die Maschinenfabrik Fahr in Gottmadingen. Dort nahm er in erster Linie an Schulungen teil, informierte sich aber nebenbei, was es an Neuheiten und Entwicklungen bei landwirtschaftlichen Maschinen gibt. Bei diesen Gelegenheiten reifte in ihm nach und nach die Einsicht, dass nur Serienfertigungen mit Automaten – die zu dieser Zeit gerade neu in die Fertigungen der Unternehmen einzogen – längerfristig eine wirtschaftliche Perspektive für die elterliche Firma ermöglichen könnten.

Zum 1. Januar 1965 trat er in den väterlichen Betrieb ein. Noch war er unverheiratet, wohnte zu Hause und brauchte nicht viel Geld zum Leben. Seine Mutter versorgte ihm die Wäsche, und auch die Mahlzeiten bekam er am elterlichen Tisch. So gab er sich mit einem Monatsgehalt von 350 Mark zufrieden, wobei noch ein Teil für die Sozialabgaben, für Steuern und Krankenkasse abflossen.

Sein Luxus und ganzer Stolz war ein VW-Käfer, den er sich neu zugelegt hatte. Zum Ersparten hatten ihm jeweils der Vater und der Opa einen guten Teil beigesteuert. Nun fuhr er gerne in der Freizeit über den Schwarzwald oder am Sonntagnachmittag in die umliegenden Dörfer, kehrte in einem der Zigarren- und Zigaretten-verrauchten Gasthäusern ein oder besuchte eines der örtlichen Feste.

Große Anziehung übten auf ihn die überall stattfindenden Brauchtumsfeste aus. Legendär war seit langem der „Schellenmarkt" auf der Biereck und nicht weniger angesehen, die an drei aufeinander folgenden Wochenenden stattfindenden Kilwi (Kirchweihfest) in Unterharmersbach, Oberharmersbach und Nordrach. Zu solchen Gelegenheiten traf sich die Jugend des Kinzigtals, strömten die Bauern aus den weitverzweigten Tälern hinzu und erst recht die Bevölkerung der Umgebung. Einheimische Musikkapellen spielten zum Tanz auf, und die Unverheirateten hielten nach dem anderen Geschlecht Ausschau. In einer Zeit ohne Handy und Facebook waren solche Feste die passende und fast einzige Gelegenheit, wo Kontakte geknüpft wurden und man Liebeleien pflegte. Und es war eine der wenigen günstigen Gelegenheiten während des Jahres, wo sich die Verwandtschaft wieder einmal sah und dabei gegenseitig alle Neuigkeiten ausgetauscht werden konnten.

Neben den alltäglichen Arbeiten telefonierte er mit namhaften Firmen der näheren Umgebung und Nachbarkreise, um Aufträge für Automatenteile zu akquirieren. Inzwischen stand die erste größere Anschaffung in der Halle; ein ganz neuer Automat, den Reinhold auf Kredit erworben hatte.

Die Sparkasse hatte ihm einen kleinen Kredit gewährt, und er, wie auch der Vater als Bürge, mussten den Vertrag unterzeichnen; die restliche Summe wurde beim Lieferanten mit Wechsel finanziert, mit der großzügigen Maßgabe, dass bei Fälligkeit ein Prolongieren möglich ist. Dieses Zugeständnis musste Reinhold jedoch nicht einmal in Anspruch nehmen, denn die gute Auftragslage erlaubte ihm eine fristgerechte Zahlung.

Das Geschäft lief wieder ganz gut an, immer mehr Aufträge für Serienteile kamen herein und zudem in größeren Stückzahlen, sodass schon bald die Notwendigkeit eintrat, einen zweiten Automaten, dann einen weiteren zu kaufen und aufzustellen. Für die Fertigung hatte er zusätzliche Mitarbeiter eingestellt und angelernt, wie auch für die Büroarbeit, die eine zusätzliche Kraft erforderte, die den ganzen schriftlichen Kram, Lohnabrechnungen und Steuern abnahm, damit Reinhold Zeit hatte, sich rein auf die Produktion und Akquirierung zu beschränken und zu konzentrieren.

Zehn Jahre später brummte der Laden. Der Mitarbeiterstamm hatte sich erheblich vergrößert und nun wurde es Zeit, dass sich der Vater Fritz aus dem operativen Geschäft zurückzog und seinen Anteil an den Sohn Reinhold, der längst der Chef war und den Betrieb gut im Griff hatte, überschrieb. Das Unternehmen wurde in eine Kommanditgesellschaft umgewandelt, Reinhold wurde als Komplementär ins Handelsregister eingetragen und sein Vater hielt vorerst noch einen Anteil als Kommanditist.

Zwei Jahre zuvor hatte der Junior und neue Chef „seine Ruthilde" geheiratet und bewohnte mit ihr eine Mietwohnung in der Mühlenstraße. Sie war eine liebe, attraktive Frau und entstammte aus dem vier Kilometer entfernten Steinach, dem Nachbarort weiter unten im Tal. Beide hatten sich auf einem Heimatfest kennengelernt, und er war von Anfang an heftig in das adrette, fesche Mädchen verknallt.

Sie war nicht nur hübsch und klug, sie war auch eher etwas zurückhaltend und scheu. Das empfand er besonders angenehm, denn – dessen war er sich bewusst – zwei Alphatiere, das konnte nicht gutgehen. Trotzdem wusste die junge Frau genau, was sie wollte und sie konnte sich ganz gut, aber eben auf ihre ganz eigene und liebevolle Art durchsetzen.

Ein Jahr später führte Reinhold seine Ruthilde in Haslach zum Traualtar, und nun konnten sie zusammen sein, ohne Gefahr zu laufen, mit dem Gesetz in Konflikt zu geraden. Aus heutiger Sicht kann es sich die junge Generation kaum noch vorstellen und schon gar nicht begreifen, dass es in jenen Tagen noch den sogenannten Kuppellei-Paragrafen gab, der besagte: „Unverheiratete Paare dürfen nicht über Nacht unter einem Dach verbringen." Das war eine strafbare Handlung, und selbst ein Haus- oder Wohnungsvermieter machte sich strafbar, wenn er dies duldete und eine Anzeige vorlag.

Nicht selten stand irgendwo die Polizei vor der Türe, nur weil ein missliebiger Nachbar oder Konkurrent heimlich oder offen ein Paar angeschwärzt hatte; vielleicht weil er neidisch war oder einen Nebenbuhler loswerden wollte. Erst 1973 wurde dieser unsinnige Paragraf vom Gesetzgeber abgeschafft und aus dem Strafgesetzbuch gestrichen.

Mit Vergnügen dachte Reinhold daran zurück, wie verliebt sie waren und wie sie beide oft nur zum Spaß mit dem geliebten VW, dem sie den Namen „Leo" gegeben hatten, durch die Landschaft fuhren und an geeigneter Stelle Halt machten, wie sie sich anfangs heiß küssten und – mangels anderer Gelegenheiten – bald im engen Wageninnern leidenschaftlich liebten. War draußen die Luft etwas kühler, sahen sie hinterher die Scheiben völlig beschlagen, und Ruthilde amüsierte sich köstlich darüber. „Am Feuer fehlt es dir nicht", meinte sie scherzhaft, wenn sie sich im engen Refugium innig und ausgiebig körperlich geliebt hatten.

Gängig war in jenen Tag folgender Witz: Als sie schwanger wurde, fragte sie ihre Mutter wie so ein Kind herauskommt. Die Mutter antwortete, genauso wie es hineingekommen ist.

So konnte er nicht klagen. Er war mit sich und seinem Leben sehr zufrieden. Das Unternehmen entwickelte sich rasant und war manchmal schwierig zu managen. Täglich musste er neue Entscheidungen treffen, Mitarbeiter einstellen, und öfters standen weitere Investitionen auf dem Plan. Regelmäßig wurde angebaut und erweitert, dann neue Hallen gebaut. Da blieb kaum oder nur wenig Zeit für ein Privatleben. Dem Ehepaar kam jedoch zugute, dass seine Ruthilde die ersten Jahre halbtags in der Buchhaltung mitarbeitete, sich um den Schreibkram kümmerte, und so sahen sie sich wenigstens täglich im Büro. Da blieb nicht aus, dass er ihr manchmal liebevoll einen Knuff in die Seite gab oder einen zärtlichen Klaps auf den Po. „Bass uf, du Schelm", tadelte sie ihn dann verschmitzt, was nicht mehr bedeutete als: „Komm, mach ruhig so weiter."

Anfangs der 1980er-Jahre hatte Reinhold Frank in Schnellingen ein Grundstück in guter Lage erworben und dort ließen sie ein Haus erbauen; ein großzügiges, komfortables und doppelstöckiges Haus mit ausladendem Dach und sieben Zimmern. Darin bot nun ausreichend Platz auch für den geplanten Familienzuwachs. Mit seiner Frau war Reinhold einig, ein Kind – und nach Wunsch ein Stammhalter – sollte der nächste Schritt in ihrer Familienplanung sein.

Zuerst aber herrschte große Freude, als Reinhold mit seiner Frau ins neue Heim einzogen – oder „sie es in Beschlag" nahmen, wie sie überall stolz erzählten. Die Hausherrin hatte überdies ein glückliches Händchen fürs Design und die Inneneinrichtung sehr geschmackvoll geplant und umgesetzt.

Man hatte sich eine neue, moderne Einbauküche installieren lassen und auch das Wohnzimmer mit neuer Möblierung schick eingerichtet. Die Anschaffung eines neuen Schlafzimmers und das Gästezimmer wollte man nach und nach in den kommenden Jahren angehen; das hatte noch ein wenig Zeit und die Einrichtung der Kinderzimmer stand auch nicht zuoberst auf der Wunschliste.

Es vergingen noch zwei Jahre, bis 1982 Heinz, der älteste Sohn geboren wurde. Dann zwei weitere Jahre später kam Kurt, der jüngere auf die Welt. Damit erschien für das Paar das Glück komplett zu sein. Die Firma war am Markt gut etabliert, seine Frau hielt ihm den Rücken frei und seine zwei Buben machten ihnen viel Freude, wenngleich Reinhold recht wenig Zeit für sie freischaufeln konnte.

Der Verlauf seines bisher so erfolgreichen Lebens ging Reinhold in den letzten Stunden wie ein Film durch den Sinn, während er so auf dem Urenkopf verharrte und der im Westen langsam untergehenden Sonne verträumt zusah. Dabei schien der abendliche Himmel seine Träume bunt zu untermalen, denn er sah ihn feuerrot gefärbt. Es war ein fantastisches Bild und verstärkte noch etwas seine Melancholie, in der er in diesen Augenblicken festhing.

Schon länger war ihm bewusst, jetzt, genau jetzt, ist der richtige Zeitpunkt, das Unternehmen in die Hände seiner Söhne zu geben. Er hoffte insgeheim, dabei die richtigen Entscheidungen getroffen und die Wege für den Fortbestand seines Unternehmens und die Arbeitsplätze seiner 250 Mitarbeiter gesichert zu haben, wie auch beiden Söhnen gerecht zu werden. Dabei war ihm durchaus bewusst, welche unterschiedlichen Charaktere die beiden repräsentieren. „Gemeinsam sind sie aber tatsächlich ein starkes Team. Wenn sich das doch bloß in idealer Weise umsetzen ließe", sinnierte Reinhold bei diesen Überlegungen, abwechselnd im Hoffen und Bangen.

Oben:
Blick vom
Urenturm auf
Haslach und
Steinach
Unten:
Hauptstraße

3

Der Stammhalter wird geboren

Der kommende Winter hatte sich zum Ende des letzten Jahres lange Zeit gelassen, zog sich dann aber lange, etwas zu lange hin und wollte und wollte einfach nicht weichen, wo doch längst alle den Frühling herbeisehnten. Inzwischen war es ein frostiger Märztag als bei Ruthilde die Wehen einsetzten und die Mutter im Gengenbacher Krankenhaus der Geburt ihres ersten Kindes freudig – oder mit Bangen? – entgegen sah. Das Krankenhaus in Haslach war geschlossen worden, sodass die Frauen aus dem Kinzigtal entweder nach Wolfach oder Offenburg ausweichen mussten, aber auch das Krankenhaus in Gengenbach wählten konnten.

Das Kind ließ sich ein wenig Zeit, die Wehen dauerten Stunden, doch dann war er da, der Sohn und ersehnte Stammhalter. Mit kräftigem Schreien trat er in diese kalte, ungemütliche Welt ein. Schon am Nachmittag hielt ihn sein Vater im Arm, überaus stolz und glücklich. Dann versuchte er herauszufinden, wem er ähnlicher sah, mehr ihm und seinem Vater oder ob er mehr in die Richtung seiner Frau kam? Überhaupt war die ganze Sache für Reinhold sehr aufregend. Er, der Handwerker, Pragmatiker, Unternehmer, war nun Vater eines Winzlings geworden, eines zerbrechlichen wunderbaren Wesens. Das war für ihn eine ganz neue Erfahrung, vor allem durch die Tatsache, dass er bei der Geburt, bei dem für ihn so wichtigen Vorgang, rein gar nichts hatte beitragen können. In jenen Tagen war es noch völlig undenkbar, dass ein Vater bei der Geburt dabei sein und in den schweren Stunden seiner Frau beistehen durfte. Nein, er musste ungeduldig abwarten, bis es endlich so weit war. Und ehrlich, welcher Mann war in dieser Situation nicht aufgeregt und läuft unruhig im Warteraum auf und ab. Wenn sich dann noch die Geburt, wie es bei seinem ersten Sohn der Fall war, Stunden in die Länge zog, dann kostete das viele Zigaretten und forderte Nerven wie Drahtseile. Doch jetzt war das Ereignis glücklich geschafft, er durfte seinen Erstgeborenen stolz in den Armen halten.

Schon nach fünf Tagen konnten Mutter und Kind das Krankenhaus verlassen und durften nach Hause. Von nun an wurden die Nächte für Mutter und Vater etwas anstrengender. Das Kind entwickelte einen gesunden Appetit und zeigte es mit einer kräftigen Stimme. Wurde ihr Bub nicht schnellstens gestillt und oder bekam er später nicht sofort eine gefüllte Milchflasche – seinen Schoppen – dann machte er sich lautstark und mit großer Ausdauer bemerkbar. Die ersten drei Monate wollte ihn die Mutter zudem noch unbedingt stillen: „Das ist gut für das Immunsystem", meinte sie voller Überzeugung.

Der Alltag und die Arbeitstage waren für Reinhold geprägt von Entscheidungen, Gesprächen mit Mitarbeitern, Behörden und Ämtern, über allem aber mit Kunden und Geschäftsfreuden, und er war nach zehn Stunden längst nicht zu Ende. Das dauerte häufig bis in die Nacht, dann wurde der ständig unterbrochene Schlaf für den Vater ein wenig belastend, und das ging ihm nach Wochen und Monaten doch an die Substanz. Im ersten Jahr kostete ihn dies fünf Kilo seines Körpergewichts, was ihm schließlich aber nicht unrecht war. Das viel zu große Arbeitspensum, oft zu hastiges Essen, hatten auch so schon deutliche Spuren bei ihm hinterlassen, denn er liebte gutes Essen über alles. Da schadete es wirklich nicht, wenn die Waage etwas entlastet wurde. So hat eben alles immer seine zwei Seiten.

Oben: Rathaus mit alter Wandmalerei, unten: Stille Gasse

4

Geburt des zweiten Sohnes

Der erstgeborene Sohn war ein quirliges, aufgewecktes Bürschchen und in seinen Aktivitäten kaum zu bremsen. Nichts war ihm zu hoch und er schien auch zu keinem Zeitpunkt Angst zu verspüren. Da blieben herzzerreißendes Weinen, Beulen und kleinere Blessuren im Laufe der Zeit nicht aus. Da war aber nichts, was außergewöhnlich war oder für die Eltern hätte beängstigend sein müssen.

Vor allem hatten es ihm sämtliche bekannten und gängigen Autos angetan, und bald erkannte er jeden Typ und Automarke schon alleine am Logo. Längst fuhr sein Vater einen Mercedes und das war somit auch die Lieblingsmarke seines Filius.

Damit in seinem Ungestüm nichts passieren konnte, hatten die Franks eine junge Frau engagiert, die den Jungen betreute, mit ihm spielte und ihn ausführte. Kathi war bei der Einstellung 22 Jahre alt und noch alleinstehend. Sie hatte eine abgeschlossene Lehre als Erzieherin, wollte aber nicht in einem Kindergarten arbeiten. Da kam ihr die Einstellung in den Haushalt eines Unternehmerehepaars gerade recht, und nebenbei half sie tüchtig im Haushalt mit, damit die Mutter in der Lage war, nach einiger Zeit wieder halbtags im Unternehmen mitzuarbeiten.

Fortan sah man die junge Frau bei Spaziergängen mit dem Jungen über den Hochwasserdamm der Kinzig laufen, wo er runter und rauf rennen durfte und gerne Steine nach den Vögeln warf. Manchmal spazierten sie hin zum Bächlewald oder noch weiter in das Nachbardorf Hofstetten, wohin es links und rechts des Weges in den Wiesen viele wildwachsenden Blumen gab, die er pflückte und als Strauß stolz seiner Mama nach Hause brachte.

Inzwischen war es wieder so weit, die Mutter sah der Geburt des zweiten Kindes entgegen. Diesmal sollte die Geburt jedoch zu Hause stattfinden, und schon seit Monaten kümmerte sich deshalb die örtliche Hebamme um die werdende Mutter. Mehrmals in der Woche schaute sie vorbei und prüfte, ob alles in Ordnung war. Bis es dann endlich soweit war, hatte sie mit der Mutter die Geburt in allen Details gewissenhaft und sorgfältig vorbereitet. Natürlich waren alle sehr angespannt und nervös. Das Kind wartete bis zum Nachmittag, war dann aber in nicht einmal einer halben Stunde auf der Welt. Die Hebamme konnte einen weiteren Jungen der ein wenig erschöpften Mutter in den Arm legen und gratulierte ihr zum zweiten Sohn. Nebenbei lobte sie, wie tapfer Ruthilde sich verhalten habe.

Gerade aber in diesen Tagen war der Vater auf einer unaufschiebbaren Geschäftsreise in den USA, wo es um einen bedeutenden Geschäftsabschluss ging und der dem Unternehmen einen neuen, richtig satten Anschub geben sollte. Um Kontakt zu halten, hatte er ein modernes tragbares Telefon dabei, ein Handy – wie man später solche Geräte nannte – und die es inzwischen seit kurzer Zeit für teures Geld auf dem Markt zu kaufen gab. So hielt er sich auf dem Laufenden und erfuhr, dass er Vater eines zweiten Sohnes geworden war, der auf den Namen Kurt getauft werden sollte.

Zu gerne hätte er ein Mädchen gehabt, doch nun freute er sich genauso über den zweiten Sohn, küsste seine Frau per Telefon und dankte ihr herzlich für das Kind und ihre aufopfernde Rolle als Frau und Mutter. Hinterher war sie ganz beschämt. „Reinhold, du bist und bleibst halt ein Charmeur", sagte sie ihm und war froh, dass er nicht sehen konnte, wie sie errötet war.

5

Feriendomizil in Cannes

Vor drei Jahren war es Reinhold gelungen, in Cannes an der Côte d'Azur ein 5-Zimmer-Appartement in der exklusiven Wohnanlage Château Turenne zu erwerben. Noch heute durchzieht es ihn mit heimlichem Stolz, wenn er an den gelungenen Coup denkt. „So ein Schnäppchen macht man nicht alle Tage, da war das Glück des Tüchtigen auf meiner Seite und mir hold", gestand er es sich zu. Gut, Bescheidenheit, das war auch noch nie seine Stärke gewesen.

Schon seit 10 Jahren verbrachten er und seine Ruthilde die wenigen Urlaubstage im mondänen Cannes. Ein Freund der Familie besaß dort schon länger ein 3-Zimmer-Appartement, und das hatten sie bisher zwei- oder dreimal im Jahr für einige Tage mieten und nutzen können.

Hier im mediterranen Klima fühlten sie sich ausgesprochen wohl, da konnte Reinhold während einem Bummel zum Pointe Croisette oder entlang der endlosen Promenade − der Flaniermeile Boulevard de la Croisette, wo sich gerne die High Society der Regenbogenpresse zeigt − abschalten und neue Ideen entwickeln. Manchmal traf er sich mit Geschäftsfreunden zu einem exquisiten Essen im Carlton, das am Boulevard und unmittelbar gegenüber der Promenade zahlungskräftige Gäste einlädt, und das gab manchem schwebenden Geschäft den entscheidenden Schub.

Schon immer war er auf der Suche nach einem eigenen Domizil mit dem Hintergedanken, sich mit 65 aus dem Geschäft zurückzuziehen und es seinen Söhnen zu übergeben. Seine Anfangsjahre waren hart, oft war er 16 oder 18 Stunden im Unternehmen ohne oder kaum sich Freizeit zu gönnen. Das hatte in seiner Gesundheit Spuren hinterlassen. Je älter er wurde, je mehr fühlte er, wie zwischendurch eine Erholung immer wichtiger für ihn wurde. Sein Körper zeigte ihm, ob er wollte oder nicht, deutliche Grenzen auf.

Nun, da sein Unternehmen so gut lief und er zwei tüchtige Söhne hatte, die als Nachfolger infrage kamen, da wollte er gerne mit seiner Frau einen geruhsamen Lebensabend verbringen und „noch etwas vom letzten Drittel meines Lebens haben", wie er häufig zu scherzen pflegte.

Nur per Zufall war er an das besagte Anwesen geraten. Wie schon so oft kam er am Château Turenne vorbei, denn von diesem Platz aus − einer der Anhöhen weit oberhalb der Stadt − hatte man einen unvergleichlichen Blick auf die Bucht von Cannes. Wenn es das Wetter zuließ − und das war fast immer der Fall − dann war die Sicht über die Stadt und weit darüber hinaus in die Küstenregion der Côte d'Azur einfach traumhaft schön und einmalig. Wollte er diese Aussicht genießen, fuhr er gerne zwischendurch mit seiner Frau zu diesem Punkt. Da wurden Auge und Sinne gleichermaßen verwöhnt, das waren dann für sie Augenblicke des stillen Glücks und Erholung pur.

Ihr Blick schweifte dabei über die weite Bucht, in der südlich der Stadt gut sichtbar zwei Inseln erkennbar sind; die Sainte-Marguerite und Saint-Honorat, man sah zum berühmten La Castre und über das Hafengebiet, wo die teuren Jachten der Milliardäre an der Pier liegen oder etwas weiter draußen auf Reede ankern.

Vor dem Anwesen, das ihn beeindruckte und interessierte, sah er gerade den Hausmeister beschäftigt, der seinen Helfern Anweisungen zur Pflege der Grünanlage mit uraltem Baumbestand gab. Der Dritte reinigte mit einem fahrbaren Sauger die gepflasterten Flächen. Kurzerhand sprach er den Mann an, „ob eventuell demnächst eine Wohnung zum Verkauf anstehen würde oder ihm bekannt ist, dass ein Besitzer sich von seiner Wohnung trennen will?"

„Gerade wird eine exquisite Wohnung zum Verkauf angeboten. Vielleicht haben sie Glück und das Geschäft ist noch nicht abgeschlossen. Wenden Sie sich an den Notar Monsieur Chirac; Moment, ich hole Ihnen schnell die Telefonnummer."

Dankbar für den Tipp drückte er dem freundlichen Mann einen schönen Euroschein in die Hand, als er die Telefonnummer hatte, wählte er im Auto gleich die Nummer des Notars. Und welcher weitere glückliche Zufall, er erreichte tatsächlich Monsieur Chirac im Büro. Kurz wurde über das Objekt gesprochen und der Notar informierte Reinhold: „Es gibt zwei ernsthafte Interessenten für die Wohnung und der Verkauf ist so gut wie in trockenen Tüchern. Wenn sie aber wollen, dann kommen sie morgen um 10 Uhr in mein Büro."

Aufgeregt fuhr er nach Hause, besprach mit seiner Frau das weitere Vorgehen und pünktlich saß er anderntags im Büro des Notars. Im Gespräch bekam Reinhold zuerst ein Exposé und erfuhr, dass das Luxus-Appartement einem Araber aus Dubai gehört. Durch die Währungskrise und Turbulenzen auf dem Geldmarkt der Jahre 2008/2009 ging dem Besitzer das Geld aus und er musste sich deshalb von einem Teil seiner weltweit verstreuten hochwertigen Immobilien trennen.

„Der Termin zur Vertragsunterzeichnung und ein Abschluss soll am Freitag sein, das ist also übermorgen, und wer aus dem Kreis der ernsthaften Interessenten als Erster die Kaufsumme von

600'000 Euro beibringen kann und auf das Treuhandkonto einbezahlt hat, der bekommt den Zuschlag."

Sofort nahm Reinhold mit dem Sparkassen-Direktor in Haslach Kontakt auf und veranlasste eine Blitzüberweisung. Die weiteren Modalitäten werde er sofort nach seiner Rückkehr besiegeln. Die Summe war tatsächlich tags darauf auf dem Treuhandkonto in Cannes und bei den anderen war es – aus welchen Gründen auch immer – zu Verzögerungen gekommen. So kam es, dass Reinhold noch am Freitag den Zuschlag für die begehrte Immobilie erhielt und er damit glücklicher Besitzer eines einmaligen Objektes wurde.

Ein ihm bekannter Immobilienhändler, der zeitgleich auch in Cannes weilte, schätzte den Wert des Objektes – nach der Besichtigung – auf deutlich über eine Million Euro. Den Kaufpreis konnte man somit durchaus als Schnäppchen bezeichnen. Reinhold war sich dessen durchaus bewusst und fand es als Bestätigung für sein glückliches Händchen, das er bisher in allen geschäftlichen Dingen besaß. Das waren die Augenblicke, wo sein Ego triumphierte und er sich gerne selber auf die Schulter klopfte, mit dem Hintergedanken: „Sonst lobt mich ja doch keiner."

Das erworbene Luxus-Appartement war vom Feinsten. Sämtliche Flächen in den Zimmern und Bädern hatten Marmorböden mit Fußbodenheizung und der edle Belag fand sich sogar auf dem Balkon. In den Bädern waren die Armaturen vergoldet und die Wände im großen Salon mit, von einem Künstler handbemalten Seidentapeten bespannt. Für die Sicherheit sorgte ein Security-Dienst, und der Hausmeister kümmerte sich um die Gemeinschaftsanlagen, veranlasste Reparaturen und Instandhaltungen, sorgte für Personal zum Reinigen des Anwesens und der Wohnungen, soweit dies die Besitzer nicht in Eigenregie übernehmen wollten. Da ist es auch kein Problem, wenn die Franks einige Wochen oder gar Monate zu Hause in Schnellingen waren und die Wohnung in Cannes in dieser Zeit verwaist blieb.

Vom riesigen, über zwei Seiten umlaufenden Balkon hatte man eine traumhafte Aussicht über die Bucht von Cannes. Das ist es, was ihn an dieser Anlage so begeisterte: „Cannes liegt uns zu Füßen", stellten beide hocherfreut fest. Da braucht er nicht mehr extra aus der Stadt hier hochfahren, um einen Blick auf Stadt und das Meer tun zu dürfen. Die Stadt breitete sich nun unterhalb vor ihnen aus und sie überblickten den Hafen mit den vielen Traumjachten. Frühmorgens durften sie sich am feurigen Rot der im Osten aufgehenden Sonne erfreuen, und an vielen Tagen – im Sinne des Wortes – am azurblauen Mittelmeer, der „Côte d'Azur".

Hier in diesem traumhaften Domizil, und im gemäßigten Klima des Mittelmeers, wollte er gerne mit seiner Frau den Lebensabend verbringen, auch wenn sein Französisch noch sehr lückenhaft war und es das noch zu verbessern galt. Im täglichen Umgang mit den Menschen hoffte er da in der Praxis durchaus zurechtzukommen.

„Wenn nicht, komme ich auch so zurecht, denn überwiegend alle Verkäuferinnen und Verkäufer in den Geschäften sprechen englisch, wie auch die Mitarbeiter in der Gastronomie und den Hotels", gab er sich zuversichtlich, falls es mit dem Lernen hapert. Schon bisher gab es keinerlei Sprachbarrieren, und für rechtliche und steuerliche Dinge würden sich Spezialisten finden, die in der Stadt ihre Dienste anboten und die auch deutsch sprachen.

Blick auf den Hafen von Cannes und Boulevard mit Carlton

6

In der Kinderzeit

Gerne erinnerte sich Heinz an seine gut behütete Kindheit zurück. Sein Vater hatte zwar wenig Zeit für ihn gehabt, doch wenn er sich einen Tag oder auch nur Stunden frei machen konnte, dann war er ganz für ihn und später auch für seinen Bruder da und unternahm mit ihnen abenteuerliche und spannende Ausflüge oder andere interessante Aktivitäten. Da gab es nichts Schöneres, wie mit dem Papa Schlitten fahren zu dürfen, oder sie übernachteten einmal irgendwo im Zelt. Dazu mussten sie nicht einmal weit wegfahren. Sie stellten einfach ein Zelt im Garten neben dem Haus auf und darin schlief der Vater mit den Söhnen während der Nacht. Das hatte den Vorteil, dass sie ins Haus flüchten konnten, wenn ein Gewitter aufzog, wenn es zu regnen begann oder die noch kleinen Buben wegen irgendwelcher diffusen Geräusche Angst zeigten, wie es tatsächlich auch vorgekommen war. Da ist zum Beispiel einmal ein Fuchs ums Zelt geschlichen und hatte sich schnüffelnd bemerkbar gemacht. Das hätte ja auch ein Gespenst oder ein Räuber, gar ein böser Geist sein können. Da ging die kindliche Fantasie schon einmal durch und dann half kein gutes Zureden des Vaters mehr. Mit schlotternden Knien zogen sie sich ins Haus zurück. Wenn er heute nur daran dachte, musste er wieder darüber herzlich lachen.

Und dann war da seine gutmütige, herzliche Mutter, die ein weites Herz für ihre Buben hatte und ihnen so gut wie alle Wünsche erfüllte. Eine weitere und sehr wichtige Person war Kathi, die Hausdame, Haushälterin oder Kindermädchen; wie man wollte. Die junge Frau, Mitte zwanzig, liebte er über alles, und er wollte sie sogar heiraten; da war er vielleicht vier Jahre alt. Kati war für ihn und den jüngeren Bruder Kurt da, brachte sie zum Spielplatz oder begleitete sie auf den Fußballplatz. Sie ging mit ihnen an schönen Tagen während des Sommers ins Haslacher Schwimmbad und brachte ihnen später dort sogar das Schwimmen bei.

Ein Jahr besuchte er noch halbtags den Kindergarten wie es damals noch hieß und heute Vorschule. Das war zwar nicht so sein Lieblingsplatz, denn die nach seinem Empfinden schon sehr alte Kindertante war streng und er als Kind voller Energie und Tatendrang, was sie meinte hin und wieder etwas bremsen zu müssen. Gerne war er immer zu allerlei Streichen und Schabernack aufgelegt, wofür die ältere Dame wenig Sinn zeigte und sich eher angegriffen fühlte. So war er froh, als er mit sechs Jahren endlich in die Haslacher Grundschule wechseln durfte.

Oma und Opa, seine Eltern und auch Kathi saßen am ersten Schultag in den hinteren Reihen der Schulklasse, als er mit seiner großen, blauen Schultüte von der Klassenlehrerin im Kreis der Erstklässler begrüßt wurde. Da war er stolz wie „Bolle". Nach dem offiziellen Teil verließen die Erwachsenen den Raum und warteten draußen bei Kaffee und Kuchen, während die neuen Schüler die erste Stunde – quasi pro forma oder zum Anwärmen – mit ihrer Lehrerin zubrachten. Die Kinder hatten ohne Druck Gelegenheit, sich mit dem neuen Umfeld vertraut zu machen, und vermutlich gab es kein Kind, das sich nicht freute, endlich Schüler sein zu dürfen. Das vermittelte ein wunderbares Gefühl des Erwachsenwerdens.

Mit 24 weiteren Erstklässlern drückte er fortan die Schulbank. Die Schule bereitete ihm keine Schwierigkeiten, machte ihm aber auch nicht besondere Freude. Sie forderte ihn zu keinem Zeitpunkt heraus, das heißt er nahm es eher locker und kam nie an die Grenzen seiner Fähigkeiten. Die Noten waren überdurchschnittlich gut, und das genügte ihm. Manchmal behauptete sein Lehrer: „Der Heinz ist wie ein Pferd, das nur so hochspringt, wie es unbedingt muss." Ob das positiv oder negativ gemeint war, sei dahingestellt, es traf aber den Nagel auf den Kopf.

Mehr Freude machte es ihm, wenn er seinen Vater in der Maschinenfabrik besuchen durfte und der ein wenig Zeit für ihn fand. Meistens begleitete der Vater ihn in den Werkzeugbau und in die Schlosserei. Dort traf er den erfahrenen Meister Theodor Isenmann, der ihm greisenalt erschien, obwohl er allenfalls um die 60 gewesen sein konnte. Der Theodor hatte immer ein Stück Eisen für ihn, das er in den Schraubstock spannen und bearbeiten durfte. Dann hämmerte er, feilte oder bohrte, je nachdem und wozu ihn seine Fantasie antrieb. Dazu gab ihm Theodor geduldig viele gute Tipps und Ratschläge und lobte auch, wenn ein Stück auch nach den gestrengen Maßstäben eines Meisters gut gelungen war.

Anfangs war er noch ein wenig zu klein, da half ihm der Meister und brachte ihm einen Schemel, auf den er sich stellen durfte. Dann passte es, er stand wie ein Großer am Schraubstock und feilte und feilte und prüfte mit einer Schieblehre, als wenn Maßgenauigkeit bei seinem Werkstück wichtig gewesen wäre. Heinz war zudem sehr wissbegierig und löcherte gerne seine Umgebung mit endloser Fragerei. Da waren aber wiederum die Lehrlinge – heute werden sie „Azubis" genannt – die ihm gerne behilflich waren und ihm geduldig erklärten, was er wissen wollte. Sie hatten dabei ihren Spaß mit ihm und zeigten, wie es geht. Zum Beispiel war das Feilen so eine spezielle Sache. Der Schliff musste plan sein, spiegelglatt und ohne Rillen. Sollte die Fläche feiner werden, dann gaben sie ihm Kreide, mit er der die Feile einrieb. So sah das Werkstück am Ende blank und glatt aus. Auf diese Weise lernte er einen handwerklichen Kniff nach dem anderen dazu.

Etwas größer geworden, bastelte und schweißte er kleinere Kunstwerke zusammen, die er seinen Eltern zum Geburtstag schenkte. Einmal fertigte er einen Würfel für den Vater und der Mutter eine langstielige Rose, die sie zu anderen Blumen im Garten stellte. Immer war er dann stolz über sein eigenes Werk, seine künstlerischen Kreationen. Für sich selber bastelte er unter anderem ein kleines Auto aus Blech und mit drehbaren Rädern. Nebenbei war er ein pfiffiges Kerlchen und zu allerlei Späßen aufgelegt. Das bekamen die Nachbarn der Umgebung zu spüren, denen er schon mal gerne einen Streich spielte. Mehr wie einmal musste sich die Mutter für ihr Söhnchen entschuldigen und ermahnte ihn hinterher umso mehr. Alles blieb aber im noch vertretbaren Rahmen; es waren eben nur gängige Lausbuben-Streiche, so wie sie überall auf der Welt vorkommen und nichts, was Besorgnis oder nachhaltig Ärgernis erregt hätte. Er hatte einfach zu viele Einfälle und Ideen, und die mussten irgendwie umgesetzt werden, damit die Tage nicht langweilig wurden.

Nach der Grundschule wechselte Heinz in die Realschule. Im Vorfeld und bei Gesprächen der verantwortlichen Lehrer mit den Eltern, waren sie der Meinung, dass die angeborenen Fähigkeiten in Deutsch nicht ganz optimal sind und es im Gymnasium mit zwei Fremdsprachen eher Schwierigkeiten geben würde. Ihnen wurde geraten, den Sohn lieber in der Realschule anzumelden. Er könne später immer noch die Fachhochschulreife machen und danach studieren oder die Meisterprüfung ablegen. Die Eltern ließen sich überzeugen und hörten auf die gut gemeinten Ratschläge.

Auch in der Realschule blieb Heinz ein mittelmäßiger Schüler, machte aber schließlich mit einem Notendurchschnitt von 2,3 den qualifizierten Abschluss der mittleren Reife.

Was sollte er nun beruflich machen, wie sollte es weiter gehen? Sein Wunsch war eine Lehre als Werkzeugmacher zu beginnen. Der Vater war einverstanden, und Lorenz Räpple, der Leiter und Meister im Werkzeugbau, nahm ihn unter seine Fittiche. Dieser Lehrberuf machte dem Filius ausgesprochen Freude. Von nun an feilte er nicht mehr nur zum Zeitvertreib, sondern lernte gezielt unter fachlicher Anleitung noch präziser und nach Plan zu arbeiten. Mit der Zeit entstanden eine kleine Schraubzwinge aus acht Teilen, ein Würfel mit Standplatte und eine Bohrlehre. Jedes dieser Stücke war exakt bearbeitet worden und wurde mit „gut" benotet. Heute stehen die Erinnerungsstücke in seinem Zimmer und dienen gelegentlich als Briefbeschwerer.

Die dreijährige Lehrzeit beendete Heinz erfolgreich mit dem Abschluss. Von der Handwerkskammer erhielt er einen Buchpreis und neben dem Notendurchschnitt von 1,8 im Zeugnis eine Belobigung. Von nun an war er Geselle und kümmerte sich mit anderen – wie ein normaler Angestellter im Betrieb – um den Maschinenpark. Doch bei wichtigen Entscheidungen, zum Beispiel wenn es um die Anschaffung neuer Maschinen ging, nahm ihn sein Vater zur Seite und holte auch seine Meinung dazu ein. Das schätzte er und hatte er nicht den Eindruck, dass dies nur zur Wahrung der Form diente, sondern seinem Vater schien die Meinung seines ältesten Sohnes tatsächlich wichtig zu sein. Er hielt ihn auch immer über alle wichtigen Entscheidungen auf dem Laufenden. Das stärkte sein Selbstbewusstsein und er fühlte sich als Fachmann im Unternehmen anerkannt.

Neben dem Leiter des Werkzeugbaus war Herbert Bildstein der Technischer Leiter im Unternehmen, ein wichtiger Ansprechpartner, und oft diskutierten sie zusammen über technische Details, was sowohl den Maschinenpark betraf, aber auch wo Verbesserungs-Potential bestand.

Um sich weiterzubilden, informierte er sich mit Fachliteratur und besuchte Messen, um auf diesem Wege auf dem neuesten Stand der Entwicklungen zu bleiben, direkt zu sehen, was es Neues auf dem Markt gab. Nebenbei hatte er noch den Führerschein gemacht und danach einen gebrauchten VW-Käfer erworben.

Danach wurde er zum Wehrdienst in die Bundeswehr einberufen. Dies hätte er ablehnen oder sich für einen Zivildienst entscheiden können, fand es aber nicht uninteressant, auf diesem Weg etwas anderes zu sehen und den Horizont zu erweitern. Nebenbei tat ihm der zeitweise Abstand zum Elternhaus in der Entwicklung seiner Persönlichkeit ganz gut. Das machte ihn reifer und selbständiger.

Fünfzehn Monate leistete er den Wehrdienst beim „ABC-Abwehrregiment 750 Baden" ab und war in der General-Dr. Speidel-Kaserne am Eichelberg in Bruchsal stationiert. Die Kaserne war nicht allzu weit vom Heimatort entfernt, sodass er jeden Freitag nach Dienstschluss heimfahren konnte, wenn er nicht gerade über das Wochenende zum Wachdienst eingeteilt war. Nach Ende der Dienstzeit hat man ihn noch zum Gefreiten befördert und dann mit Dank entlassen. Jetzt war er wieder Zivilist und er kehrte mit neu gesammelten Erfahrung ins Elternhaus zurück.

Dort nahm er unverzüglich seine alte Tätigkeit im Unternehmen wieder auf, wie wenn er nie weg gewesen wäre, und schnell eilte die Zeit dahin und zwischenzeitlich war er schon 24 Jahre alt. Neben seiner Arbeit, die ihn ausfüllte, hatte er sich in den letzten Jahren zunehmend sportlich betätigt. Zwar spielte er schon als Grundschüler wie auch während der Realschulzeit als Libero und Verteidiger im Haslacher Fußballverein. Gerne besuchte er zudem als Zuschauer die Kämpfe der Haslacher Ringer, die in diesen Jahren in der Bundesliga um Punkte rangen und deutschlandweit einen klangvollen Namen hatten. Um aber als Ringer aufgenommen und trainiert zu werden, war er trotz seiner Körpergröße zu schwächlich gebaut.

Stattdessen verlegte er sich mehr auf Ausdauertraining und joggte mehrmals in der Woche mindestens zehn Kilometer. Seine Lieblingsstrecke verlief auf dem Hochwasserdamm der Kinzig am Fluss entlang, im Westen wechselte er in Steinach auf die andere Seite, von wo zurück nach Hausach lief, dann wieder talwärts bis nach Hause. Das war eine beachtlich lange Strecke. Hinterher war er ausgepowert, schweißgebadet, aber mit sich zufrieden und mit der Welt in Einklang. So fühlte er sich konditionell sehr gut drauf und er blieb drahtig und schlank.

Eine weitere wichtige sportliche Betätigung im jugendlichen Alter kam dazu. Mit einigen Kameraden fuhr er regelmäßig zum Klettern nach Österreich ins Montafon, an den Arlberg, ins Stubai- oder Ötztal. Sie wanderten und kletterten in der Schweiz im Säntis-Massiv, und hin und wieder unternahmen sie während ein paar Urlaubstagen Mehrtagestouren in den Hohen Tauern oder in den Dolomiten. In den letzten Jahren hatte er den Großglockner auf dem Stüdlgrat bestiegen, und war auf den Gipfeln des Großvenedigers oder in Südtirol auf dem mächtigen Ortlers gestanden. Diese Berge sind klassische Ziele, anspruchsvoll und alle über 3000 Meter hoch. Mit drei oder vier Freunden bildete er auf diesen Touren eine ehrgeizige, homogene Mannschaft, und im Seil ein eingespieltes Team.

Nun fand er es allerdings an der Zeit, dass für ihn ernsthaft die Weichen für die Zukunft gestellt wurden. Die Fachhochschulreife nachzuholen traute er sich nicht zu oder er wollte sich den Stress nicht antun. Dafür entschied er sich, nebenberuflich den Techniker zu machen. Dafür schrieb er sich im DAG-Technikum in

Würzburg ein und begann eine Ausbildung zum staatlich geprüften Techniker. Das reichte seiner Meinung nach aus, später im Unternehmen mit den verantwortlichen Technikern der Abteilungen auf Augenhöhe diskutieren und Entscheidungen treffen zu können. „Der Bonus als Sohn kommt noch dazu, da wird man mir schon den nötigen Respekt zollen", so war seine feste Überlegung. Schon in der Realschule hatte er Englisch gelernt und dies später in der Haslacher Volkshochschule abends in Fortgeschrittenen-Kursen vertieft. Damit war er zuversichtlich, sich mit den ausländischen Geschäftspartnern ausreichend gut verständigen zu können.

Von nun an waren drei Jahre lang die Samstage mit Unterricht in Offenburg belegt und immer wieder kamen Vorlesungen und Prüfungen im 14-Tages-Block in Würzburg dazu. Während den Tagen in Würzburg logierte er in einem kleinen 3-Sterne-Hotel, das überwiegend von Geschäftsreisenden frequentiert wurde. Dort fühlte er sich wohl und war gut versorgt. Abends blieb Zeit sich fit zu halten, und wenn er nicht mehr raus konnte, dann übte er täglich mit 100 Liegestützen und zusätzlichem Hanteltraining. Dafür hatte er extra seine bewährten Hand-Hanteln mitgebracht.

Die drei Jahre verlangten alles ab, sodass es ihm manchmal fast zu viel wurde und er oft nahe dran war, „den Bettel hinzuschmeißen". Nach kleineren Durchhängern hatte er es aber doch geschafft. Mit dem erfolgreichen Abschluss durfte er sich „Staatlich geprüfter Techniker" nennen.

Sein Ehrgeiz war längst geweckt. Insgeheim hoffte er nun, dass ihn sein Vater mehr als Führungskraft in das Unternehmen einbinden würde, und bei passenden Gelegenheiten versuchte er das Gespräch in diese Richtung zu steuern, ohne dass sein Vater konkret darauf einging. „Kommt Zeit, kommt Rat", versuchte er seine Ungeduld zu zähmen, „doch allzu lange will ich nicht mehr warten, dann will ich wissen, wo es lang geht." Mit diesen Gedanken versuchte er seinen aufkommenden Unmut zu dämpfen, sich selber zu beruhigen und auf sein Stehvermögen zu vertrauen.

Wenn ihn der Frust packte, dann rief er seine Freunde Erich und Gerhard an und sie packten ihre Rucksäcke, fuhren los und verbrachten das Wochenende in den Bergen. Dort wurde ihm schnell der Kopf frei. Wenn sie auf steilen Wegen einem Gipfel zustrebten oder vorsichtig am Seil gesichert über Gletscher liefen, dachte er keine Minute mehr an das Geschäft oder an die Arbeit. Hinterher fühlten sich die drei oder vier Tage wie ein wochenlanger Urlaub an. „Die Berge verändern den Menschen, lassen ihn ruhig werden und herunterkommen", das hatte er schon oft bei passender Gelegenheit erklärt und damit seine Begeisterung für die Berge begründet. In jedem Augenblick waren alle Sinne gefordert, für die Landschaft, die vielen kleinen und großen Naturwunder am Wege oder einfach zu seiner und der Sicherheit der Kameraden. Da blieb der Alltag weit unter ihnen im Tal. Sie standen bildlich gesehen „hoch oben über allem" unter dem unendlichen Himmelszelt und vergaßen die Welt mit ihren Nichtigkeiten, der Engstirnigkeit der „Kleingeister" und allen ungewollten oder selbstgemachten Problemen.

Kam er in der Nacht oder montags in der Frühe wieder nach Hause oder ins Unternehmen, widmete er sich voller Elan neu seinen Aufgaben. Da setzte er sich ohne Wenn und Aber voll ein. Ungeduld und Zweifel waren dann verschwunden und er fühlte sich wieder „genordet", wie es so schön heißt.

7

Kurt, der Überflieger

Schon in der Vorschulzeit lernte Kurt lesen und konnte sämtliche Buchstaben des Alphabets schreiben, dazu war er in der Lage Zahlen im dreistelligen Bereich zu multiplizieren. So war es höchste Zeit geworden, dass endlich der erste Schultag kam.

Stolz saß der Junge, bei der Einschulung von den beiden Großeltern und von Papa und Mama begleitet, am Tag der Einschulung mit einer roten, prall gefüllten Schultüte im Kreise der neuen Schüler in der ersten Reihe im Klassenzimmer. Mit ihm waren es 27 Erstklässler, die gespannt auf das warteten, was nun im neuen Lebensabschnitt auf sie zukommen würde.

Schnell erkannte seine Lehrerin die Unterforderung. „Alles ist Kinderkram" war anfangs die altkluge Erkenntnis des Erstklässlers. Deshalb wurde er von ihr mit Sonderaufgaben betraut. Seine Lehrerin „Tante Elvira" – wie er sie nannte – beauftragte ihn, sich der Schwächeren anzunehmen, und das kam seinem sozialen Empfinden voll entgegen. Weitere Zusatzaufgaben kamen im Laufe der Zeit dazu, und seine Hausaufgaben enthielten zusätzlich schwierigere Aufgaben. Alles löste er ohne Murren und mit Bravour. Ein besonderer Vorteil war seine soziale Kompetenz, die sich insgesamt positiv auf das Klassenergebnis auswirkte, und darauf wollte seine Lehrerin nicht verzichten. Gerne half er schwächeren Klassenkameradinnen und Klassenkameraden. Dabei kam er mit seiner weichen, einfühlenden Art besonders bei den Mädchen gut an, die gerne mit ihm Umgang pflegten und ihn suchten.

Wenn er dem Vater mit seiner ununterbrochenen Fragerei zu sehr „auf den Wecker ging", half der sich in der Form, dass er seinem Sohn eine besonders knifflige Aufgabe zu lösen aufgab und sich dabei dachte, jetzt hat sein jüngster Filius für mindestens sechs Wochen eine „harte Nuss zu knacken". Doch das war falsch gedacht, in zwei Tagen legte ihm dieser stolz die Lösung vor.

Später kam eine andere Passion dazu, das Hobby Fotografieren. Die ersten Digital-Kameras waren auf dem Markt erhältlich und eine solche hatte er zu Weihnachten geschenkt bekommen. Nun fotografierte er, was ihm vor die Linse kam und übertrug die Bilder auf den Computer. Schnell war die Festplatte für die Datenmenge der Bilder zu klein und immer wieder musste eine leistungsfähigere her. Wenn auch das nicht mehr half, wurde auf CDs und auf eine externe Festplatte kopiert, im Rechner altes gelöscht und damit wieder neuen Platz geschaffen.

Sein Hobby gefiel auch seiner Lehrerin, und sie beauftragte ihn nun wichtige schulische Ereignisse zu dokumentieren und auch einige Fotos in die Schülerzeitung einzubringen. Bei deren Gestaltung wirkte er natürlich ebenfalls maßgeblich mit. Mit der Klasse wurde er im 4. Schuljahr mit einem Umweltprojekt betraut, das einen Preis erhielt. Und stellvertretend für alle nahm Kurt mit der Lehrerin die Ehrung aus der Hand des Bürgermeisters entgegen. Selbstverständlich berichtete der Schwarzwälder Bote mit einem Bild versehen über das wichtige Ereignis.

Nach der Grundschule wechselte er auf das Gymnasium in Hausach, und auch da gehörte er von Anfang an zu den Besten.

Schon seit den Kindergartentagen spielte er mit dem Nintendo – meist gemeinsam mit seinem Bruder – und die Programme wurden mit der Zeit immer aufwendiger. Dann kam ihm ein alter Rechner in die Hand, den sein Vater einst benützt hatte. Dessen erweitertes Programm ließ Programmierungen mit Visual Basic zu, was Kurt schnell herausfand, und damit schrieb er eigene

Programme. Wochenlang tüftelte er an einem eigenen Internet-Explorer und überspielte die Ergebnisse auf seinen gebrauchten Computer, den ihm die EDV-Abteilung des Unternehmens geschenkt hatte. Im Unternehmen standen aktuell Personal-Computer mit Windows 3.11 in einigen Abteilungen. Ein junger Mann betreute die Geräte und Drucker und mit ihm verstand sich Kurt bestens. Stundenlang saßen sie abends beim Fachsimpeln zusammen und Kurt nahm begierig die vielen DOS-Formeln auf, um die Programme zu steuern, neue zu installieren und anzupassen.

Mitte der 90er-Jahre kamen die E-Mails auf, und auch das Unternehmen korrespondierte zunehmend auf diesem Wege. Dann kam die Zeit, wo die Unternehmen sich im World Wide Web darstellten. In der Firma wurde eine erste Homepage kreiert, an der Kurt mitgewirkt hatte. Das alles war für ihn eine ungemein aufregende Zeit. Am liebsten wäre er Tag und Nacht vor dem Bildschirm sitzen geblieben, doch das Gymnasium forderte ihn auch, vor allem in den höheren Stufen.

Wegen seiner Kenntnisse am Computer aus der Praxis und seinen Fähigkeiten in der Programmierung betreute ihn auch das Gymnasium mit einem Projekt. Für seine Klasse richtete er eine ansprechende Website ein und pflegte sie fortan. Die ersten Klassenbilder wurden eingestellt mit einigen ausgewählten Bildern der letzten Feiern, Klassenfahrten und diversen Veranstaltungen, immer unterlegt mit netten Kurzberichten.

Eifrig machte er sich im Internet schlau und versuchte über Foren neue Programme zu finden und neue Tricks zu lernen, die er bei seinen Arbeiten gezielt einbringen konnte. So blieb nicht aus, dass er in kurzer Zeit ganz nebenbei zu einem IT-Experten heranreifte.

Gegen Ende der 90er-Jahre beschäftigten große Herausforderungen die Mitarbeiter der EDV-Abteilung. Das waren einmal die

Umstellung von der D-Mark auf den Euro, der im Jahr 2000 offizielles Zahlungsmittel wurde – aber erst ab dem Beginn des Jahres 2002 als Bargeld zur Verfügung stand. Dann stand das Millennium-Jahr vor der Türe. Im Vorfeld wurden in allen Medien viele Ängste geschürt. Da wurde orakelt: Die Computer werden abstürzen, eventuell das allgemeine Chaos ausbrechen. Horrorszenarien wurden landauf, landab lanciert und der „Teufel an die Wand gemalt". Das hatte damit zu tun, dass angeblich die Computer-Chips ursprünglich nur für 2-stellige Zahlen programmiert waren.

Doch alles ging gut. Die Währungsumstellung lief reibungslos über die Bühne und auch der Schritt ins Jahr 2000 erfolgte ohne, dass irgendwo nennenswert Störungen auftraten; die Welt ist keinesfalls eingestürzt oder stehengeblieben. Das alles bekam Kurt hautnah mit und lernte viel von und über die Systeme und die Besonderheiten in der Programmierung.

Das Abitur schaffte er mit einem Notendurchschnitt von 1,1 und erhielt als Jahrgangsbester dafür vom Bürgermeister einen Preis. Zudem wurde ihm für seine Leistungen in den Naturwissenschaften ein Preis überreicht, den ein bedeutendes metallverarbeitendes Unternehmen in Hausach – eine alteingesessene Gesenkschmiede – gestiftet hatte. Da bestand eine Verbindung zu den eigenen Anfängen des Unternehmens, und sein Urgroßvater wäre sicher sehr stolz auf den Urenkel gewesen.

Rechtzeitig hatte er sich bei der RWTH Aachen zum Studium an der Fakultät für Maschinenwesen eingeschrieben. Nebenbei besuchte er Vorlesungen der Fakultät für Elektrotechnik und Informationstechnik. Seine Eltern hatten ihm ein 1-Zimmer-Appartement in relativer Nähe zur Universität gemietet und bezahlten ihm, neben der Miete und anderen Ausgaben, auch ein ausreichendes Taschengeld. So ausgestattet, konnte er sich ohne Einschränkungen voll auf sein Studium konzentrieren. Wie erwartet, bummelte er auch nicht, zog es stattdessen konsequent durch und erreichte nach etwa vier Jahren den Abschluss als „Diplomingenieur im Maschinenbau". Um sein Englisch zu verbessern und mehr internationale Erfahrung zu sammeln, hängte er ein weiteres Studium an – wozu ihn der Vater eigens motiviert hatte. Dazu hatte sich an der University of California, in Berkeley eingeschrieben. Gerade diese Zeit prägte ihn nachhaltig. Er liebte die amerikanische Art zu leben, die Aufgeschlossenheit allem Neuen gegenüber und das ausgeprägte Selbstbewusstsein im Geschäftsleben. „Alles ist möglich, wenn man nur will", dieser Slogan schien jedem überall, allgegenwärtig und omnipräsent zu sein; eine Devise und Lebenseinstellung zugleich.

Nur zweimal war er in dieser Zeit für ein paar Tage zu Hause. Das war über Weihnachten und Neujahr und am Geburtstag seines Vaters.

Stark heimatverbunden sehnte er sich am Ende und nach dem einjährigen Zusatzstudium doch sehr nach seinem Zuhause im beschaulichen Kinzigtal, nach seiner Familie und den alten Freunden. Doch um einiges reifer geworden, mit vielen Erfahrungen und noch mehr Eindrücken, die seinem Selbstbewusstsein guttaten, kehrte er in die Heimat zurück.

Sein Vater nahm ihn gleich in der Funktion als Assistent der Geschäftsleitung in das Unternehmen auf und betraute ihn zusätzlich mit speziellen Aufgaben im Kontakt mit den ausländischen Kunden und denen aus Übersee.

8

Unterschiedliche Interessen in der Freizeit

Während Heinz intensiv Sport betrieb und sich körperlich fit hielt, war für Kurt Sport eher „Mord". Da hielt er sich lieber an das Motto von Winston Churchill: „No Sports", und dieser ist bekanntlich 90 Jahre alt geworden. Lieber streifte er mit dem Fahrrad durch die Gegend, hatte seine Fotoausrüstung im Rucksack dabei und suchte nach interessanten Motiven, oder er saß stundenlang vor dem Computer und löste knifflige Aufgaben.

Es gab wenig, was er mit seinem Bruder gemeinsam hatte oder machte. Eine der wenigen Ausnahmen war die Fasnacht, bei der beide leidenschaftlich gerne maskiert auf den Straßen in Haslach herumstreiften oder mit den Eltern im Gasthaus „Kanone" am Schnurren teilnahmen und sich köstlich amüsierten. Bei dem alten Brauch glossierten durchziehende Gruppen das Geschehen im Städtchen und was sich übers Jahr lustiges und skurriles zugetragen hatte. Häufig war natürlich sein Vater das Ziel von humoristisch abgefeuerten Pfeilen.

Dann gab es noch den „Storchentag" im Februar, an dem sie sich in die Schar der Haslacher Kinder einreihten, die mit dem „Storchenvater" Alois Krafzcyk durch Haslachs Straßen zogen und lauthals: „heraus, heraus, Äpfel un Bire zum Lade rus" schrien. Der „Storchenvater" trug zwei Storchenattrappen an seinem Zylinder und sammelte mit einem langen Stock die spendierten Brezeln für die Kinder ein, die Anwohner aus den Fenstern geworfen oder ihm gleich direkt übergeben haben. Dazu gab es von zahlreichen Bürgern, die beim Faschingsumzug die Straßen säumten, Münzgeld, das er entgegennahm und hinterher unter allen beteiligten Kindern gerecht verteilte. Da bekamen die beiden Buben von Franks auch eine Handvoll Geld ab.

Heinz, der ältere der beiden Brüder, war ein schlanker, drahtiger junger Mann, 1,82 Meter groß und mit stahlblauen Augen. Er zog schon als Jugendlicher natürlich die Blicke der Mädchen auf sich und das blieb ihm nicht verborgen. Im Gegenteil, er war gerne „Hahn im Korb", und manches hübsche junge Fräulein sah man an seiner Seite. Hin und wieder brachte er schon einmal seine aktuelle Favoritin nach Schnellingen mit und stellte sie zu Hause seinen Eltern vor.

Immer waren es aber nur temporäre Affären. Noch wollte er sich nicht binden. Lange hielten seine Liebeleien meistens auch nicht. Dazu war er zu sehr ein Luftikus und wollte nicht nur mit einem Mädchen in einer stillen Ecke sitzen. So blieb er ein Junggeselle oder „Single", wie dies inzwischen neudeutsch heißt. Insgeheim hegte Heinz auch die Befürchtung, dass ein Mädchen nur Interesse an ihm zeigte, weil sein Vater Unternehmer ist und allgemein als vermögend galt.

Der zwei Jahre jüngere Kurt war einen Tick kleiner und hatte auch nicht so die sportliche Gestalt seines Bruders, was jedoch keineswegs sein Ego minderte. Seine Gestalt hatte er eher von der Mutter geerbt. Die Proportionen zeigten einen längeren Oberkörper und kürzere Beine, worin sicher ein Grund für die sportliche Zurückhaltung gesehen werden musste.

Dazu war er körperlich etwas gedrungener, ohne dass man ihn als dick hätte bezeichnen dürfen. Auf den zweiten Blick war er keineswegs unattraktiv, seine weiche Stimme verstärkte eher noch seine Erscheinung. Wenn er Sänger geworden wäre, hätte er bestimmt einen guten Tenor abgegeben. Bei seinen Gesprächen und Erzählungen gab er sich wortgewandt und humorvoll, und er verfügte, seinem Alter gemäß, über ein erstaunliches Allgemeinwissen. Was er sagte, war präzise und akzentuiert formuliert und allgemein hörte man ihm in der Runde gerne zu. Dies zusammen genommen, gab ihm eine gewisse Ausstrahlung, die auf andere anziehend wirkte, wenn man ihn nur ein wenig näher kennengelernt hatte.

Was die zwischenmenschlichen Beziehungen zum anderen Geschlecht betraf, war er sehr wählerisch. Chancen hatte er genug. Doch bevor er sich aber mit einem Mädchen einließ, wog er genau ab und verhielt sich eher distanziert. Wenn es dann doch mal funkte, hielt die Beziehung durchaus wesentlich länger als bei seinem Bruder. Trotzdem entwickelte sich bisher keine dauerhafte Bindung und auch er blieb vorläufig noch ein Single.

Trotz seiner Abneigung gegen jegliche sportliche Betätigung, ging er doch mehrmals im Jahr mit seinem Bruder bei dessen Bergtouren mit, wenn dieser nicht zu schwere Routen ausgesucht oder zu lange Etappen gewählt hatte, die einer überdurchschnittlich guten Kondition bedurft hätten.

Auf solche hohen Gipfel, zu denen er stundenlang am Seil und auch noch mit Steigeisen an den Bergschuhen über Gletscher hätte laufen musste, verzichtete er gerne. Meistens beteiligte er sich an nicht so anspruchsvollen Gipfelbesteigungen und Bergtouren im mittleren Bereich; auf reine Klettertouren verzichtete er aber lieber ganz. Gemeinsam waren sie schon im Thannheimer Tal, am Arlberg und im Montafon auf den einfacheren Gipfeln rund um Schruns, wo die Berge nur so um die 2500 Meter messen und sich die Distanzen zu den Berghütten und Jausenstationen noch in Stunden bemessen lassen.

Diese gemeinsamen Unternehmungen dienten mehr dazu, ausgiebig miteinander reden zu können und viele Dinge auszutauschen, für die man normalerweise im Alltagsgeschäft keine Zeit fand.

Beide Brüder waren sich ihrer unterschiedlichen Art durchaus bewusst und oft diskutierten sie heftig und kontrovers über alle möglichen Themen des Lebens im Allgemeinen oder über die Zukunft des Unternehmens im Besonderen. Kurt war in seiner sensiblen Art nicht verborgen geblieben, dass sein Bruder ihm insgeheim, seine Begabung etwas neidete, ohne dass er sich dabei einer Schuld bewusst war oder unter Minderwertigkeitskomplexen gelitten hätte.

Oft ließ Heinz bei Kurt durchblicken, wie hart er sich seine Schulabschlüsse, seine Lehre und seinen Techniker erarbeiten musste, wie viele Nächte er büffelte und den Lehrstoff kaum in den Kopf bekam, und „dir ist alles einfach in den Schoß gefallen", klagte er dann. Er gab seinem Bruder indirekt auch die Schuld, dass sein Vater bisher ihm als Erstgeborenem, noch keiner seiner Stellung adäquate Führungsposition im Unternehmen eingeräumt hatte. Das wurde nun zunehmend für ihn ein Makel oder „ein Stachel im Fleisch".

Wenn man etwas näher hinsah, bemerkte man durchaus, dass die beiden Brüder in ihrer unterschiedlichen Art, mit den grundverschiedenen Charakteren nicht gerade das besaßen, was man als ein inniges, brüderliches Verhältnis bezeichnen durfte. Sie gingen zwar respektvoll miteinander um, und es gab auch kaum einmal ernsthaft unüberbrückbare Differenzen oder Dissonanzen. Die Beziehung war jedoch eher nüchtern und sachlich, nicht herzlich und innig, wie man es sonst oft unter Geschwistern sah.

Zum Glück war immer die Mutter ein ausgleichendes Element. Sie war stets da, wenn sie gebraucht wurde, tröstete und hörte zu. Gab es atmosphärische Störungen zwischen den beiden

Söhnen, dann vermittelte sie und sie schaffte es stets aufs Neue, schnell die Harmonie im Familienverband herzustellen oder zumindest vorläufig einen „Status quo" zu erreichen.

Mehr noch wie der Vater war auch die Haushälterin da, die die Buben schon seit den Kindertagen betreute. Die Mutter hatte in den früheren Jahren stundenweise immer noch im Büro mitgearbeitet, bis irgendwann der Vater meinte, das passt für eine Unternehmens-Gattin in einem erfolgreichen Geschäft nicht mehr so richtig ins Bild.

Deshalb zog sich Ruthilde danach peu à peu zurück und überließ Angestellten das Feld. Stattdessen widmete sie sich mehr caritativen und ehrenamtlichen Aufgaben innerhalb der Katholischen Kirche. Aktive Sängerin im gemischten Chor „Frohsinn" war sie auch. Solange ihr Jüngster noch das Robert-Gerwig-Gymnasium in Hausach besuchte, engagierte sie sich zwischendurch drei Jahre als Elternbeiratsvorsitzende und brachte sich vehement ein, wenn es um wichtige schulische Belange ging.

Der Vater hatte für seine Söhne, wie es bei so vielen Unternehmern der Fall ist, zu wenig Zeit, obwohl er sich immer sehr bemühte, zumindest an den Sonntagen einige Stunden freizumachen und gemeinsam mit ihnen etwas zu unternehmen. Und auch in den wenigen freien Tagen, die sich der Vater gönnte, widmete er sich voll und ganz seinen Buben.

Noch sehr gut in Erinnerung geblieben ist beiden Jungen ein Ausflug in den „Europa-Park" in Rust. Sie besuchten zusammen mit der Mutter und Kathi den „Steinwasen-Park" bei Freiburg, waren auch schon in den Technik-Museen in Speyer und Sinsheim, sowie auch im Automuseum in Mulhouse im Elsass.

Besonders Heinz war in den Technik-Museen fasziniert von den ausgestellten Exponaten und er konnte sich an alten Maschinen, Eisenbahnen, den Oldtimern, an den alten Autos „mit Gesicht", wie er es nannte, nicht satt sehen. Kurt war dagegen von alten Fotoapparaten begeistert und den 3-D-Filmen, die sowohl in Rust wie auch in den erwähnten Technik-Museen gezeigt wurden. Die Spezialeffekte hatten es ihm sehr angetan. Das war zu aufregend, wenn er den Eindruck hatte, direkt mitten im Geschehen zu sein und er sich schier unter die Bank warf, wenn Gegenstände lebensecht und bedrohlich auf sie zuschossen.

Ebenso viel Zeit verbrachte er beim ersten funktionstüchtigen, vollautomatischen, programmgesteuerten und frei programmierbaren Rechner und somit dem ersten funktionsfähigen Computer der Welt, den einst Zuse erfunden und gebaut hatte.

Mehrmals waren sie in den vergangenen Jahren mit den Eltern in den Schul- oder Semesterferien auch nach Cannes gereist. Dort liebten die Buben es, im warmen Wasser des Mittelmeers zu schwimmen, zu tauchen oder schnorcheln und mit den anbrandenden Wellen auf und ab treibenzulassen. Sie fuhren mit dem Vater und einem Fischer in seinem Kahn aufs Meer hinaus, wo sie die Angel auswarfen und auch ein paar mickerige Fische an Land bringen durften. Dort waren sie einmal mit einem Segel-Katamaran unterwegs, der einem Freund des Vaters gehörte und schipperten längs der Küste. Manchmal lagen sie einfach faul an Deck und ließen sich von der Sonne bräunen. Mittags gab es dann Fisch und Hähnchen, auf einem außerbords aufgehängten Holzkohlegrill knusprig gebraten. Das waren geschmackliche Explosionen für ihre Gaumen; mit Salzwasser gewürzt, Spuren von Grillkohle und nichts wie Seeluft, die ungemein hungrig machte.

Bei allen gemeinsamen Unternehmungen genossen beide Söhne stets die Aufmerksamkeit ihres Vaters. Seit sie auf der Welt waren, versuchte Reinhold auch immer beide gleich zu behandeln, war nie strafend. Keiner konnte sich erinnern, je eine Tracht Prügel oder Schläge bekommen zu haben, egal was sie angestellt hatten. Da war die Mutter – trotz ihrer mütterlichen liebevollen Art – strenger zu ihnen gewesen, und auch Kathi verstand es ganz gut und liebevoll den nötigen Respekt von den Buben einzufordern.

Der Vater war sich sehr wohl bewusst, wie wenig Zeit er für seine Buben hatte, daher überließ er die Erziehung lieber seiner Frau sowie – seit den Kindertagen – der Kathi, die sich tagsüber um die Kinder kümmerte und früher manchmal auch bei den Schularbeiten half. Die Mutter strafte, solange sie noch kleiner waren, eher mit Taschengeldentzug. Das wirkte immer!

Mit einem etwas schlechten Gewissen wurde Reinhold Frank immer wieder erinnert, wie wenig er in den letzten Jahren mit seinen Söhnen über die Zukunft des Unternehmens gesprochen hatte. Sein Erstgeborener Heinz war wohl im Unternehmen in die Technik eingebunden und ein wertvoller Mitarbeiter. Bei vielen Besprechungen, in denen es um technische Belange ging, war er mit den Abteilungsleitern und Führungskräften anwesend, aber eben nie als Entscheider.

Seit Kurt sein Ingenieur-Studium abgeschlossen hatte, stand er ihm in der Geschäftsleitung zur Seite, ohne dass er bisher Vollmachten besaß. Dabei war Reinhold sich durchaus bewusst, wie wichtig für das Unternehmen die fachliche Kompetenz seines Sohnes war – und das nicht erst neuerdings.

Was hatte Kurt nicht schon alles in der EDV initiiert und eingeleitet und in den letzten Jahren wichtige Impulse gegeben. Und auch während seinem Studium lieferte er Hinweise, die für Entscheidungen sehr nützlich waren. Auch hatte sich Kurt mit seinen fundierten Kenntnissen im Einsatz des Maschinenparks eingebracht und war dabei, wenn Neuanschaffungen anstanden.

Wenn aber sowohl von dem einen, wie dem anderen, das Gespräch auf die Zukunftsgestaltung des Unternehmens kam, dann war Reinhold bisher gerne ausgewichen und blieb im Unverbindlichen. Dabei war ihm nicht verborgen geblieben, dass sein ältester Sohn Heinz berechtigte Hoffnung darauf setzte, oder uneingeschränkt darauf vertraute, dass er einmal die Unternehmensführung übertragen bekommen würde. Nun war es aber wirklich Zeit, dass er als Vater und Unternehmer endlich „Nägel mit Köpfen" machte, denn wie schnell könnte ihm heute oder morgen etwas passieren. Dann wäre sein Unternehmen offiziell führerlos und bräche im schlimmsten Falle zusammen. Außerdem war da schon lange sein Plan, vom Ruhestand und Lebensabend noch etwas haben zu wollen und er hoffte dabei, mindestens 85 Jahre alt zu werden.

In der letzten Zeit war es dann auch noch seine Frau, die immer mehr drängte, doch endlich seine Söhne verantwortlich ins Unternehmen einzubinden, sich selber zukünftig etwas mehr Freizeit zu gönnen und mehr auf die Gesundheit zu achten. Das gab ihm zunehmend Druck, lastete immer mehr auf ihm und brachte ihm manche schlaflose Nacht. „Ich hätte nie gedacht, dass mir das einmal so schwerfallen würde", dachte er ehrlich zu sich selber in solchen Stunden. „Da hatte es mein Vater wahrlich noch viel leichter gehabt", resümierte er am Ende.

9

Großer Bahnhof zum Geburtstag

Es war so weit, Reinhold hatte zu seinem 65. Geburtstag geladen. Den eigentlichen Jubeltag, feierte er im engeren Kreise mit seiner Familie, den Söhnen und den Eltern seiner Frau. Seine eigenen Eltern waren schon vor Jahren gestorben und nahmen sicherlich in der jenseitigen Welt an dem freudigen Ereignis Anteil.

Eine große Ehrenfeier folgte 14 Tage später. Dafür hatte man extra die Stadthalle angemietet. Sie bietet für 500 Personen Platz und hat eine gut ausgestattete Küche mit allem, was man braucht. Das war genau richtig für den vorgesehenen Zweck. Die zuständige Ansprechpartnerin Frau Haug managte den Teil, der zur Ausschmückung notwendig war. Für die Küche hatte man Andreas Moser, den Hotelier der „Blume" in Schnellingen engagiert, den Reinhold schon lange persönlich gut kannte. Sonntags saßen sie dort oft mittags oder abends zum Essen und hatten sich immer ausgesprochen und gut bedient gefühlt. „Außerdem muss man auch ein wenig die gute Nachbarschaft pflegen", meinte er, wenn man auf seine Liebe zur „Blume" zu sprechen kam.

Neben Familie, Verwandtschaft und seinen Freunden waren sämtliche Mitarbeiter und sehr wichtige Kunden eingeladen. Auch viele langjährige Geschäftspartner hatten ihr Kommen zugesagt.

Im Vorfeld des Festes und im Text der schriftlichen Einladung hatte er darum gebeten, ihm keine Geschenke zu machen, sondern einen vorgesehenen Geldbetrag zugunsten der Werkstätten des „Vereins Lebenshilfe" in Haslach zu spenden, denen er bisher jährlich eine großzügige Spende hatte zukommen lassen und an die er auch laufend Aufträge vergab.

Der große Tag war da, eine riesige Schar an Gratulanten hatte sich eingefunden und defilierte am Jubilar vorbei, um ihm die Hand zu schütteln, Glück und Gesundheit zu wünschen. „Wenn nur ein Zehntel davon sich erfüllt, was diese scheinheilige Gesellschaft mir wünscht, werde ich mindestens hundert Jahre alt", dachte er bei dieser Tortur, hütete sich aber, das laut zu sagen. Stattdessen danke er mit warmen Worten für alle Glückwünsche und jeden Händedruck, „der von Herzen kam", fügte er süffisant an.

Zu der Feierlichkeit hatte auch die Industrie- und Handelskammer Freiburg eine Abordnung geschickt. Der Präsident hielt eine Laudatio und überreichte dem verdienten Unternehmen eine Medaille, ebenso war die Handwerkskammer Freiburg mit ihrem Referatsleiter vertreten. Alles in allem war das Fest „ein großer Bahnhof" und ein gelungenes Fest.

Der Bürgermeister von Haslach zählte selbstverständlich ebenfalls zu den honorigen Gratulanten und hielt eine akzentuierte Rede. Mit vielen lobenden Worten hob er die Bedeutung des Unternehmens für die Stadt, die Region und für die Arbeitnehmerschaft hervor, wie auch die Wichtigkeit als Gewerbesteuerzahler. Dabei lobte er den Unternehmer als weitblickende, herausragende Persönlichkeit. Dem Jubilar waren die salbungsvollen Worte am Ende fast ein wenig peinlich. Ungern stand er so direkt im Rampenlicht, wohl wissend, dass manches was gesagt und gelobt wurde, nicht wirklich aus ehrlichem Herzen kam. „Erfolg findet immer viele Neider", das wusste er nur zu gut aus Erfahrung.

Von allen Seiten wurden die unternehmerischen Fähigkeiten des Jubilars gewürdigt und sein Geschick, sich im harten globalen Wettbewerb zu behaupten. Die Stadtkapelle Haslach spielte auf, und die Haslacher Kultgruppe „Speck und Freibier" gestaltet witzig und unterhaltsam den Rest des Abends. Zwischendurch gab es noch persönliche Beiträge von verschiedenen Seiten. Selbst die Söhne hatten es sich nicht nehmen lassen und beteiligten sich. Kurt hatte eine kurze Power-Point-Präsentation mit Bildern und Videos aus dem Leben des Vaters vorbereitet und stellte sie mit launigen Worten vor, Heinz stimmte sogar stimmlich gekonnt ein selbstverfasstes Lied an, von einem Keyboard-Spieler begleitet, in dem er ein wenig des Vaters Schwächen glossierte. Die Versammelten im Saal klopften sich lachend auf die Schenkel und dem an sich so gefassten und abgehärteten Vater standen Tränen der Rührung in den Augen.

Nach 22 Uhr kam plötzlich Unruhe auf und es deutete sich eine Überraschung an, und das sollte zum Highlight des Festes werden. Die „Wildecker Herzbuben" betraten die Bühne und traten auf. Sie stimmten neben dem Gassenhauer „Herzilein" noch zwei andere Lieder an und gaben sie musikalisch zum Besten. Seine Frau hatte dies heimlich arrangiert und dafür schlappe 10'000 Euro plus Spesen auf den Tisch geblättert. „Man gönnt sich ja sonst nichts." So wurde der lange Abend kurzweilig und sehr unterhaltsam.

Der Morgen graute schon, als Reinhold und seine Frau als letzte den Heimweg antreten durften. Der viele Alkohol, die Anspannung über Stunden, die wichtigen und unwichtigen Gespräche mit diesem und jenem, sowie die Konzentration auf den ungestörten Ablauf haben Substanz gekostet und bei beiden deutliche Spuren hinterlassen. Zu Hause mussten sie sich erst noch eine Weile bei einem Absacker entspannen, bevor sie sich todmüde in die Betten fallen ließen.

Den anderen Tag hatten sie sich wohlweislich von allen Verpflichtungen und Terminen freigehalten und erholten sich in ihren vier Wänden von den Strapazen des Vortages, den anstrengenden Feierlichkeiten. Später brauchten sie Stunden, die vielen Glückwunschkarten, Briefe und Mails zu lesen, die Geschenke zu betrachten und entsprechend zu würdigen. Alleine die erhaltenen zahlreichen Flaschen Rot- und Weißwein und die in Form von Sekt und Champagner-Flaschen eingegangenen Geschenke würden ihnen sicher den Bedarf von mindestens einem Jahr decken. „Ich glaube, wir müssen davon einiges an die Anonyme Alkoholiker spenden", scherzte Ruthilde, beim Blick auf die Fülle an Kartons und Einzelflaschen im Geschenkkarton.

10

Urlaub in Cannes

Noch einmal wollte Reinhold sich reiflich Gedanken machen, wie es mit seinem Lebenswerk weitergehen sollte. Mit seiner Frau Ruthilde zog er sich kurz nach der Geburtstagsfeier, und nachdem alles, was damit zusammenhing, langsam abgeklungen war, zu einem dreiwöchigen Urlaub in sein Appartement in Cannes zurück. Niemand sollte ihn dabei stören, da wollte er endgültig das Für und Wider in Ruhe abwägen.

Denn ganz im Hinterkopf spukte ihm auch immer noch der Gedanke, einfach sein Unternehmen an einen deutschen oder amerikanischen Konzern zu verkaufen, um so einer Entscheidung für den einen oder anderen seiner Söhne zu umgehen und am Ende nichts falsch zu machen.

Gegen diesen Gedanken spielte aber die Fürsorge für seine Mitarbeiter eine entscheidende Rolle. Viele waren seit Jahrzehnten dabei und hatten einen guten Job gemacht. Ihnen verdankte er einen maßgeblichen Teil am Aufbau und seines Erfolges. Da wollte er nicht Gefahr laufen, dass ein Großkonzern sein Unternehmen aufkauft, ausschlachtet und die Mitarbeiter auf die Straße setzt, wie es in den letzten Jahren in der Bundesrepublik leider häufiger vorgekommen ist.

Und er wollte schon gar nicht Gefahr laufen, an eine „Heuschrecke" zu geraten. Das waren kapitalkräftige Investoren, die neuerdings vermehrt auftraten und skrupellos Unternehmen aus-

plünderten. Diese Welle ist aus Amerika auch auf Europa herüber-
geschwappt. Solche Phänomene und perfides Verhalten standen
exemplarisch für einen „Kapitalismus pur". Nicht selten hatte man
in kürzester Zeit alles Kapital aus dem Unternehmen gesaugt, es
bedenkenlos ausgeschlachtet, die Patente verwertet oder teuer
verscherbelt und dann, was übrig geblieben ist, wie eine „heiße
Kartoffel" fallen gelassen, stillgelegt und die Leute rücksichtslos
auf die Straße gesetzt.

Dieses Risiko wollte er auf keinen Fall eingehen. Dafür war er
viel zu sehr mit der Region und in der Bevölkerung verwurzelt. Der
„Kinzigtäler" ist per se bodenständig und eher konservativ gestrickt, da zählt nicht das kurzfristig lukrative Geschäft. So liebten
es auch seine Kunden. Sie wussten, auf Reinhold Frank konnte
man sich verlassen. Ihm war eine ehrliche, dauerhafte und zuver-
lässige Geschäftsverbindung wichtig und wichtiger wie der
schnelle Profit. Das hatte ihm bisher immer auch in konjunkturell
schwierigen Zeiten über die Runden geholfen. Die Kunden blieben
dem Unternehmen treu, auch wenn in früheren Jahren Teile aus
Portugal günstiger zu beziehen waren und später aus Ungarn,
neuerdings sogar aus Korea und Thailand.

Dafür waren seine Mitarbeiter ohne Murren bereit, einmal
für einen dringenden Kundenauftrag länger und gar Tag und
Nacht zu arbeiten, oder ein guter Kunde erhielt schon einmal ein
längerfristiges Zahlungsziel. „Eine Hand wäscht die andere",
pflegte Reinhold in diesem Zusammenhang gerne zu sagen.

Jetzt war er aber wieder im Süden und weit weg vom Alltagsgeschäft. Arm in Arm schlenderte er mit seiner Ruthilde die Flaniermeile am Boulevard de la Croisette entlang, und sie beleuch-
teten in der Unterhaltung noch einmal die unterschiedlichen Ver-
anlagungen und Charaktere ihrer Söhne und besprachen das
Wenn und Aber. In einem waren sie sich als Eltern jedenfalls ab-
solut sicher. Beide zusammen können das Unternehmen nicht

führen. Dafür ist der Ältere zu sehr risikobereit und zu sprunghaft, mal schnell dem einen und mal dem anderen zugeneigt, mit zu vielen Interessen, die außerhalb des Unternehmens liegen.

Der Jüngere dagegen ist der bessere Stratege, der Welterfahrenere, fließend Englisch sprechend, der immer eine gute Figur in Verhandlungen machte. Das kam dem Unternehmen bisher bei den weltweiten Kontakten sehr zugute. Wenn er auch nicht promoviert hatte, so war und ist er doch eher von den Geschäftspartnern als ein hoch qualifizierter Fachmann akzeptiert.

Bis jetzt hatte beides nebeneinander gut funktioniert, solange er als Vater im Unternehmen noch das Sagen hatte. Würden beide aber alleine und gleichberechtigt entscheiden müssen, gäbe es mit Sicherheit über kurz oder lang Streit und Eifersüchteleien, was nicht gut für das Unternehmen sein konnte.

Schon längst sagte ihm das Bauchgefühl, die Verantwortung seinem zweiten Sohn zu übertragen. Im Vorfeld hatte er mit seinem Steuerberater und einem Unternehmensberater gleichfalls alle Möglichkeiten beleuchtet und lange diskutiert.

Sie hatten ihm geraten, die Kommanditgesellschaft in eine GmbH umzuwandeln. Das ermöglicht ihm die Geschäftsanteile prozentual zu verteilen. Die beste Lösung erschien ihm, 2/3 der Anteile an Kurt zu geben, der dann gleichzeitig als Geschäftsführer bestellt werden sollte. Das restliche Drittel sollte als stille Einlage im Unternehmen verbleiben und Heinz zukommen, der im Unternehmen als Technischer Leiter fungieren würde, verbunden mit Zeichnungsvollmacht; der Prokura.

Mit diesem Konstrukt im Kopf überschlief man die Sache noch einige Tage. Wie jeden Tag liefen sie ein paar Kilometer den Strand entlang, immer mit Blick auf die Casinos und das Palais des Festivals et des Congrès, in dem das jährliche Internationale Filmfestival stattfindet, denen die vornehmen Häuser und Villen in der zweiten Reihe folgten. Das Grand Hotel „Carlton" im Vordergrund stach dominierend ins Auge.

Das angenehm schöne, sonnige Bilderbuchwetter im mediterranen Klima war angenehm und wirkte entspannend. Die vielen Palmen sowie in allen Farben blühenden Hibiskus-Sträucher und Kamelien an der Promenade erfreuten wohltuend das Auge und streichelten das Gemüt. Wollten sie stattdessen einmal mehr Ruhe haben, promenierten sie im Friedhof von Cannes, dem Cimetière du Grand Jas, der als Frankreichs größter innerstädtischer Park gilt und in dem viele bedeutende Persönlichkeiten zur letzten Ruhe begraben liegen. Hier fand das Ehepaar Frank auf angenehm schattigen Wegen Ruhe, wenn man wollte oder es tagsüber sehr heiß war. Da störte kein Straßenlärm, nur das Zwitschern der Vögel bildete einen harmonischen Hintergrundsound.

Nach 3 Wochen bestiegen sie, innerlich gestärkt und in der Entscheidung sicher geworden, in Nizza das Flugzeug und landeten schon bald in Straßburg. Von dort am Flughafen Entzheim holte sie ein Mitarbeiter der Firma ab. Spät am Sonntagabend trafen sie wohlbehalten zu Hause in Schnellingen ein.

Schon am nächsten Morgen ließ Reinhold durch seine Sekretärin Frau Waltner im Hotel Traube in Baiersbronn-Tonbach einen Tisch für ein Abendessen reservieren. Es sollte in der Schwarzwaldstube sein, wo Harald Wohlfahrt damals noch als Küchenchef den Kochlöffel schwang und mit drei Michelin-Sternen ausgezeichnet war. In drei Monaten wollte er mit seiner Frau und den beiden Söhnen dort beim Essen zusammensitzen und die getroffene Entscheidung offiziell bekannt geben. „Ich wünsche mir sehr, dass das gewählte Ambiente den richtigen Rahmen bietet und die Bedeutung der Sache zusätzlich unterstreicht. Wenn dann noch ein fürstliches Essen den Boden günstig bereitet, umso besser, dann dürfte eigentlich nichts mehr schiefgehen.

11

Ein harmonisches Gala-Diner

Das Tonbachtal versank langsam im abendlichen Schein der untergehenden Sonne, als Reinhold Frank und seine Frau Ruthilde im 5-Sterne-Hotel „Traube" eintrafen, das weitausschweifend, wuchtig und repräsentativ sich an den Hang des Schwarzwaldtales schmiegt. Man erkennt förmlich, oder es lässt sich erahnen, wie das mächtige Haus nach und nach gewachsen ist und zu der Bedeutung heranwuchs, das es heute in der gehobenen Hotellerie einnimmt. Die Gäste kommen aus der ganzen Welt hierher, und nicht wenige, wegen des Essens und berühmten Sternekoch.

Die blaue Stunde passte so richtig zum geplanten Vorhaben. Ein Portier nahm den S-Klasse-Mercedes in Empfang und fuhr ihn in die hauseigene Tiefgarage. Gemeinsam wurden sie herzlich im Hotel-Foyer begrüßt und in die „Schwarzwaldstuben" begleitet, wo sie die adrette Katrin Kunze, Commis de Rang, an den reservierten Tisch führte.

Eine Viertelstunde später traf Heinz ein, der am Samstagnachmittag gerne drei Stunden in der Sauna verweilte. Auch er wurde an den Tisch begleitet und nahm gut gelaunt neben seiner Mutter Platz. Und schon trat Kurt als letzter in den Raum. Nun war das Quartett – Vater, Mutter und die beiden Söhne – komplett und man befand sich schnell in lockerer, herzlicher Unterhaltung. Alle am Tisch schienen in guter Stimmung und bester Laune zu sein.

Gespannt warteten die beiden Brüder darauf zu erfahren, was denn der besondere Anlass für ein Essen in diesem luxuriösen Rahmen sein würde. Es gab keinen Geburtstag zu feiern und auch sonst erkannten sie kein herausragendes Datum, wie der Hochzeitstag oder gar, dass dem Vater ein Verdienstorden der Bundesrepublik Deutschland überreicht worden wäre. Es konnte nur einen Grund geben, darin waren sich beide in ungeduldiger Ahnung insgeheim sicher.

Der Vater wich aber noch geschickt aus und meinte: „Wir wollen erst das bestellte Menü in Ruhe genießen, der Abend ist noch lange, dann werde ich kundtun, warum eure Mutter und ich dieses Treffen arrangiert haben."

Mineralwasser von den „Peterstaler Mineralquellen" in der Gourmetflasche stand auf dem Tisch bereit, doch stilvoll angestoßen wurde mit einem Glas Moët & Chandon Champagner Grand Vintage, Jahrgang 2006, der mit seinem vollmundigen, floralen Charakter die Zunge verwöhnte und angenehm im Mund perlte. Dazu wurde ein Gruß des Hauses serviert. Das Diner mit dem Horsd'oeuvre begann also nicht schlecht.

In Ruhe und sehr professionell begann das Personal die Vorspeise zu servieren. Man hatte sich bei der Reservierung auf das „große Degustationsmenü" festgelegt. Der Commis Sommelier Björn Meinert gab zwischendurch seine Empfehlung für entsprechende Weine und da wählte man – passend zum Menü – zuerst und auf Wunsch von Ruthilde, einen Durbacher Riesling, danach einen Affentaler Spätburgunder Spätlese und zum Abschluss einen Durbacher Klingelberger Eiswein-Beerenauslese, sozusagen das „Tüpfelchen aufs i".

Mit dem ersten Gang wurde „Terrine gebratener und gegrillter Gänseleber in Jurançongelee mit Zwergorangencoulis" gereicht. Nebenbei drehte sich das Tischgespräch um allerlei Banalitäten, etwas Klatsch und was man so da und dort gehörte hatte oder ihnen zugetragen wurde. Die Eltern wollten auch gerne wissen, wie es mit den Plänen in Bezug zum anderen Geschlecht inzwischen steht und wann sich Heinz und Kurt endlich einmal ernsthaft mit dem Thema Zweisamkeit auseinandersetzen wollen. „Auf Enkel würden wir uns irgendwann schon freuen, zumindest so lange wir noch etwas davon haben", ließ die Mutter augenzwinkernd durchblicken. Damit wollte sie andeuten, dass für die Freude als Oma da zu sein, für sie irgendwann biologisch Grenzen gesetzt sein würden. Kopfnickend stimmte Reinhold dem, was seine Frau gesagt hatte, zu.

Der nächste Gang wurde zelebriert: „Jakobsmuscheln und kleine Tintenfische auf Kastaniencreme mit weißem Trüffel aus Alba auf Korailglace" kamen auf den Tisch, während unwichtige Dinge aus dem betrieblichen Alltag diskutiert wurden. Dabei waren beide Brüder wieder einmal völlig unterschiedlicher Meinung in der Beurteilung der einen oder anderen Situation und der zukünftig zu verfolgender Strategien.

Vor dem Hauptgang kam der 3-Sterne-Koch und zu diesem Zeitpunkt angeblich „bester Koch Deutschlands" Harald Wohlfahrt persönlich an den Tisch und begrüßte seine Gäste mit Handschlag. Dabei wollte er natürlich wissen, wie weit sie bisher mit den aufgetragenen Speisen zufrieden waren. Das Gespräch ging über „in das Woher und persönliche Vorlieben". Dabei erfuhr die versammelte Runde, dass der Spitzenkoch in einer kinderreichen Familie in Loffenau aufgewachsen ist, in einem Dorf auf der anderen Seite des Tales im hinteren Murgtal, und dass er in seiner kargen Freizeit gerne wandert, mit dem Mountainbike unterwegs ist und drei Kinder hat. „Das ist doch ein ganz bodenständiger Mann, und das macht ihn so sympathisch", bemerkte hinterher anerkennend die Mutter, die von Harald Wohlfahrt sehr angetan an.

„Mildgeräucherter Lachs mit Chicorée in Ahornsirup und Limonenbutter" verwöhnte anschließend den Gaumen, Champagner und Riesling zeigten derweil auch schon eine gewisse Wirkung. Die Gespräche wurden lockerer und die Wangen der Mutter färbten sich schon leicht rosa. Dann gab es „heimischen Rehrücken mit Wacholderkruste auf karamellisiertem Rotkohl und glasierten Navetten, Rounnaiser Sauce".

Das Fleischgericht erwies sich als ein kulinarischer Genuss; butterzart und es zerging geradezu auf der Zunge. Beim „Käse vom Wagen" nahmen alle nur noch ganz kleine Häppchen. Der Magen zeigte inzwischen deutlich, dass er zufrieden ist und es genug der guten Dinge war. Man hatte sich auch Zeit gelassen, denn der Abend war längst in tiefe Nacht übergegangen und jeder Tisch im Restaurant mit illustren, kapitalkräftigen Gästen im angemessenen Ambiente bis auf den letzten Platz besetzt. Da wunderte es niemand, dass für das gewählte Menü 205 Euro pro Person veranschlagt sind und die Getränke bewegten sich in ähnlicher Dimension, von der langen Wartezeit für eine Reservierung ganz zu schweigen. Das noble Haus ist nicht ohne Grund international bekannt und die verwöhnten Gäste kommen in der Tat aus der ganzen Welt angereist – und nicht nur wegen der guten Schwarzwaldluft.

So ganz nebenbei lenkte Kurt das Gespräch auf den Urlaub der Eltern in Cannes. In dieser Zeit hatte er die Geschäftsleitung inne und zwei wichtige Kunden im Haus, mit denen gute Gespräche geführt und die Geschäftsverbindung noch mehr gefestigt werden konnte. Reinhold lobte ihn: „Kurt, das hast du hervorragend gemacht, du hast dafür einfach ein glückliches Händchen und ein Gespür für den richtigen Zeitpunkt. Ja, der Urlaub tat uns sehr gut und es ist für uns immer wieder belebend, gemütlich am Strand und am Boulevard entlangzupromenieren, und das Größte ist, sich nachmittags ein ausgiebiges Stündchen aufs Ohr legen zu dürfen. Es geht nichts über ein entspannendes Mittagsschläfchen. Dazu hat uns ja der Arzt auch dringend."

Zum Augenschmaus wurde das Dessert aus „Birnen in Passionsfrucht-Safransud mit Maronen-Vermicelles und Tahiti-Vanilleeis". Hinterher wurden noch Variationen von Schwarzwälder Kirschen mit Tannenharz-Duft und Feingebäck gebracht, was aber kaum noch Beachtung fand.

Die einzelnen Portionen und Gerichte sahen auf den ersten Blick nicht einmal nicht üppig aus, füllten aber den Magen – oder nein, das wäre genau genommen viel zu profan gesagt – es sorgte für das außergewöhnliche Geschmackserlebnis jedes einzelnen durch diese erlesenen Köstlichkeiten, die in den letzten zwei Stunden Gaumen und Sinne verwöhnten.

Man hatte schon in vielen feinen Restaurants gespeist und – bei privaten und geschäftlichen Essen – exzellente Gerichte genießen dürfen. Was aber an diesem Abend serviert wurde, war ein echter Höhepunkt oder die absolute Krönung.

Zuletzt wurde auch noch ein „Zibärtle" als Digestif in einem edlen Schnapskelch serviert. Der Geschmack dieser einzigartigen echten Schwarzwälder Rarität ist äußerst aromatisch, und das „Wässerchen" lief zart wie Öl durch die Kehle und verschwand, ein wärmendes Gefühl erzeugend, mild im Magen.

Währenddessen redeten inzwischen alle am Tisch schon ziemlich durcheinander, ohne den anderen aussprechen zu lassen. Es bedurfte schon Multitasking-Fähigkeiten, in den Themen überhaupt noch einen roten Faden erahnen zu können. Die Stimmung war locker und vermeintlich gerade richtig für das, was Reinhold geplant hatte und wozu es nun Zeit wurde, auf den Punkt zu kommen. Beinahe wäre der passende Zeitpunkt schon verpasst worden und vielleicht war er tatsächlich auch etwas überschritten.

12

Der Eklat

Der Abend bei dem kulinarischen Highlight, das es wert war, sich ausreichend Zeit zu lassen und es zu genießen, war schon weit fortgeschritten, 22 Uhr schon vorüber und noch immer saß die Familie am Tisch, der etwas am Rande innerhalb des noblen Gourmetrestaurants platziert war. Jetzt hielt es Reinhold an der Zeit, auf den Kern dieses Zusammenseins zu kommen.

„Wie allgemein bekannt ist, habe ich die allgemeine Rentengrenze überschritten, und längst schon haben eure Mutter und ich den Vorsatz gefasst, den Lebensabend überwiegend in unserem Appartement im milden, mediterranen Klima in Cannes an der Côte d'Azur zu verbringen. Die vergangenen Jahrzehnte haben uns viel Kraft und Energie gekostet, und das fordert zunehmend auch gesundheitlich seinen Tribut", begann der Vater seine Rede, und wer genau hinhörte, vernahm ein leichtes Zittern in seiner Stimme und spürte die innere Angespanntheit.

Einen Augenblick lang hielt er inne, wie um noch einmal Spannung zu einem weiteren Sprung aufzubauen. „Es ist kein Geheimnis, Heinz und Kurt – er sah beide direkt an, suchte den Blickkontakt – wie unterschiedlich ihr seid und wie oft daraus Spannungen entstanden sind, ohne dass man euch als Raufbolde bezeichnen könnte. Beide habt ihr eure Stärken. Eure Differenzen habt ihr immer eher subtiler ausgetragen und sie haben uns, eurer Mutter und mir, manchmal Kopfschmerzen bereitet und Unbehagen geweckt. Wir waren euch andererseits immer verständnisvolle Eltern und – so meine ich – nie zu hart in der Erziehung. Jeder hatte seine Freiräume und konnte weitestgehend seine vernünftigen Träume verwirklichen. Wie werdet ihr aber in der Zukunft damit umgehen, wenn wir, die Eltern, als Puffer und ausgleichendes Element nicht mehr jeden Tag gegenwärtig sind? Das hat uns gewisse Sorgen und mir manche schlaflose Stunde in der Nacht bereitet, wo ich hin und her überlegte, was das für das Unternehmen, in dem mein Herzblut steckt, letztlich bedeutet."

Bei dieser Ansprache meinte man einen Seufzer herauszuhören und Reinhold brauchte nun einen Schluck vom gehaltvollen, rubinrot funkelnd, strahlenden Affentaler Spätburgunder. „Vater komm endlich auf den Punkt", fiel Heinz nervös geworden dazwischen.

„Ja Heinz, du hast recht, nun, ich habe mit eurer Mutter eine Entscheidung zum Fortbestand des Unternehmens getroffen. Es ist jetzt eine gewisse Zeit her, dass wir das Unternehmen von einer Kommanditgesellschaft in eine GmbH haben umwandeln lassen. Das hatte nicht nur Haftungs- und steuerliche Gründe, wie wir das miteinander besprochen hatten, sondern sollte der erste Schritt für die Übergabe an die nächste, die vierte Generation sein, wenn ich den Ursprung, die Schmiede eures Urgroßvaters mit einbeziehe."

„Du Heinz, bist ein sehr guter Techniker und Tüftler und immer noch gerne an der Werkbank im Betrieb beschäftigt. Genauso hatte dein Großvater angefangen und das Patent der „Nudelmaschine" erfunden, aus dem das jetzige Unternehmen hervorgegangen ist. Nach unserem Eindruck war und ist es dir aber bisher immer nur Mittel zum Zweck geblieben und oft sah ich dich kumpelhaft mit den Mitarbeitern verkehren. Das Unternehmen braucht aber – um zukünftig weiter bestehen zu können und den globalen Herausforderungen gewachsen zu sein – einen Vollprofi, einen Unternehmer mit Herz und Durchsetzungsvermögen, der schnell Veränderungen erkennt und blitzschnell darauf reagiert.

Darin sehen wir in Kurt den Geeigneteren unter euch. Deshalb werden wir die Verantwortung auf dich, Kurt, übertragen. Du wirst als geschäftsführender Gesellschafter fungieren und im Handelsregister eingetragen werden. Du bekommst zwei Drittel der Gesellschaftsanteile übertragen. Und du Heinz, bekommst ein Drittel als stiller Gesellschafter mit der Maßgabe die Anteile im Unternehmen zu belassen oder sie ausschließlich an deinen Bruder oder eure Kinder zu veräußern, wenn du einmal den Gedanken hegen solltest, auszusteigen. Deine Position wird der Technische Leiter sein und mit Einzelprokura ausgestattet.

Heinz war kreidebleich geworden und die Adern an seinem zum durchtrainierten Körper passenden Hals schwollen bedenklich an und pulsierten heftig. „Das ist jetzt aber nicht dein Ernst, Vater, ich bin der Erstgeborene und ich werde mich nicht als zweiten Mann abstempeln lassen", zischte er empört und wütend.

„Zum Ausgleich der Vermögensdifferenz zahle ich dir aus meinem Privatvermögen vorzeitig schon einen Anteil von 100'000 Euro aus, der nicht auf das Erbteil angerechnet wird. Das ist mein extra Zugeständnis, das ich dir noch machen will, denn es geht mir nicht um eine Übervorteilung zugunsten deines Bruders. Unser Haus in Schnellingen werdet ihr auch zu gleichen Teilen erben, wenn wir beide einmal nicht mehr da sind."

„Mir geht es nicht ums Geld", warf Heinz zornig ein, „es geht mir um das moralische Recht und die Stellung, die mir zusteht."

Kurt hatte bisher zu allem geschwiegen. Mit dieser Entwicklung hatte er in der Tat nicht gerechnet, obwohl er immer gehofft hatte, entscheidend im Unternehmen agieren zu können. Oft hatte er sich gefragt, wie das einmal fruchtbringend mit seinem Bruder gehen soll, damit man sich nicht gegenseitig Knüppel in den Weg wirft, sondern eher Synergien freischaufelt. Hier befürchtete er die gleichen Komplikationen, die sein Vater punktgenau erkannt hatte. Dafür schätzte er ihn, den Pragmatiker und kühl kalkulierenden Strategen, mit dem das Unternehmen in den letzten Jahren so erfolgreich geworden ist.

Polternd stand Heinz auf, und die Köpfe der anderen Gäste im Raum drehten sich schon neugierig in die Richtung des Tisches, an dem die Diskussion unverhältnismäßig laut geworden war, so gar nicht zu dem stilvollen Rahmen des noblen Restaurants mit seinen erlesenen Speisen passend. Mit hochrotem Kopf und wütend verließ er den Raum, ohne sich – weder von seinem Bruder, den Eltern, noch vom Personal – zu verabschieden.

Kurze Zeit herrschte betretenes Schweigen am Tisch, bis die Mutter wieder die Sprache gefunden hatte, das Wort ergriff und meinte: „Lassen wir ihm ein wenig Zeit. Er wird sich schon berappeln und letztlich die Entscheidung mittragen. Wir kennen ihn doch, den Hitzkopf, aber bisher hat bei ihm am Ende immer die Vernunft gesiegt. Was sollte er auch sonst machen?"

Zuerst brauchte Reinhold noch einmal einen Schnaps und ließ sich deshalb ein weiteres Zibärtle bringen. Kurt war solidarisch und trank ein Gläschen mit. Auf einen Wink hin brachte dann der Restaurantleiter die Rechnung und Reinhold drückte ihm seine Master-Kreditcard in die Hand. Wenige Minuten später kam der mit dem Beleg zur Unterschrift an den Tisch und er bekam 100 Euro zusätzlich als Trinkgeld für die Mannschaft aufs Tablett gelegt.

Die Stimmung war leider gekippt. Mit sorgenvoller Stirn verließen Ruthilde und Reinhold den Raum, während mit kurzer Verzögerung Kurt folgte. Derweil hatte der Portier schon den Wagen vor den Eingang fahren lassen.

Auf dem Weg nach Hause steuerte nun Ruthilde das Auto, da sie nur relativ wenig Alkohol getrunken hatte. Eigentlich hatte sie immer nur genippt, um zumindest eine Ahnung zu haben, welche köstlichen Getränke zum Essen gereicht wurden.

Längst lagen sie im Bett, als sie hörten, dass Heinz gegen Morgen nach Hause kam. Den ganzen Sonntag vernahmen und sahen sie nichts von ihm, und am Montag war ihr Sohn – ohne irgendeine Erklärung – nicht zur Arbeit in der Firma erschienen. Nicht einmal die Chefsekretärin wusste etwas oder hatte eine Nachricht, einen Hinweis, einen Abwesenheitsvermerk erhalten. Sie musste nun einige Termine absagen oder an andere delegieren.

13

Eine unheilvolle Idee reift

Noch am Sonntagvormittag hatte Heinz seinen Rucksack gepackt, Klettergurt, Helm und die Wanderstiefel im Kofferraum seines Autos – einem PS-starken Audi TT Quadro – verstaut. Klammheimlich brach er auf und war nun auf dem Weg nach Oberstdorf. Dort kam er fünf Stunden später an, nachdem der eine oder andere Stau auf der Autobahn zwischen Stuttgart und Ulm ein wenig hinderlich war und ihn aufgehalten hatte. Doch das war auf dieser Strecke gang und gäbe und nur eine lästige Nebensächlichkeit.

Unentwegt beschäftigte ihn das Gespräch des gestrigen Abends, der doch so harmonisch begonnen hatte – und dann das sündhaft gute Essen. „Hatte er den Fortgang des Abends nur geträumt oder machte man einen üblen Scherz mit ihm?" Er konnte es immer noch nicht begreifen. Seine Gedanken kreisten immer und immer wieder nur um das eine. Manchmal laut fluchend und vor sich hinsprechend, führte er gedanklich endlose Streitgespräche, die sich aber immer nur im Kreise drehten. Und zwang er sich endlich dies zu unterbrechen, fing er seine Zornreden mental gleich wieder von neuem an.

In Reichenbach bei Oberstdorf fand er einen freien Parkplatz. Die Umgebung war ihm gut von früheren Touren vertraut. Auch mit seinem Bruder ist er von hier schon gestartet. Von diesem Startpunkt wollte er zuerst aufs Gaisalphorn steigen und dann weiter zum Edmund-Probst-Haus gehen, die DAV-Berghütte unterhalb des Nebelhorns. Er war guten Mutes, am Sonntagabend würde er keine Reservierung für einen Platz in einem 2- oder 4-Bett-Zimmer benötigen, deshalb ließ er sich ausreichend viel Zeit und stieg ohne Eile bergwärts. Traumwandlerisch bewältigte er die etwas steileren, felsigen Passagen, auf die er zwischendurch traf und er konnte auf dem Bergpfad ungestört seinen Gedanken nachhängen.

Bei der Zielankunft war 19 Uhr vorüber, trotzdem bekam er sein Bett und er blieb die Nacht über im Zimmer sogar alleine. An diesem Sonntagabend hielten sich zu dieser Jahreszeit kaum noch Übernachtungsgäste im Haus auf. Stattdessen war es am Tag infolge der nahen Seilbahnstation von Gästen gut frequentiert.

Den Abend über verbrachte er in der Gaststube und unterhielt sich am Tisch mit anderen Bergsteigern. Einige der Einzelgänger oder kleinere Gruppen wollten, so wie er, am nächsten Morgen um 7 Uhr das Haus verlassen und über den Hindelanger Klettersteig gehen. Die unterhaltsamen Gespräche lenkten ihn ab, sodass er kaum noch daran dachte, warum er so Hals über Kopf aufgebrochen war und sich fluchtartig nach hierher aufgemacht hatte.

Morgens ließ er sich viel Zeit. Die anderen sollten ruhig einen Vorsprung haben, dann kommt er nicht so ins Gedränge und er wusste, dank seiner guten Kondition bewältigt er den langen Klettersteig eh in Rekordzeit. Überraschend sah er doch eine größere Zahl von Gästen beim Frühstück anwesend, die aber den Tag hier verbringen wollten, ohne die Absicht zu haben, weiterzugehen. Das lenkte ihn wiederum ab und mit dem einen und dem anderen kam er in einen kurzen Plausch, bis er es an der Zeit fand, ebenfalls nun aufzubrechen.

Zügig marschierte er den Weg bergauf zu dem rund hundert Höhenmeter oberhalb stehenden, weithin sichtbaren Gipfelkreuzes des Nebelhorns zu und dort verweilte wenige Minuten. Der

Morgen bot bei klarem Himmel eine weite Sicht und die steil abfallenden schroffen Hänge faszinierten ihn. Im Restaurant nebenan und auf der Terrasse war noch wenig los, sodass er sich in aller Ruhe umsehen konnte. Dabei versuchte er den einen oder anderen der vielen Gipfel und Zacken zu lokalisieren. Nur den Hochvogel und den Hohen Ifen kannte er am Umriss und konnte die markanten Bergspitzen zuordnen.

Direkt am Haus beginnt der lange, für ihn nicht allzu schwere, aber anspruchsvolle Steig. Die erste Stunde blieb er unterwegs so gut wie alleine und kam flott voran, bis eine geeignete Stelle oberhalb vom Koblat auftauchte, wo er sich eine viertelstündige Trink- und Esspause gönnte.

Der Klettersteig erfordert für die Geher unbedingte Schwindelfreiheit und absolute Trittsicherheit. Das übliche Klettersteig-Set hatte er aber gar nicht angelegt, das hielt er hier für ihn unnötig, das brauchte er heute nicht. Die Felsen waren trocken und griffig und die Kletterstellen für ihn unschwer. Mehr die teils steilen Aufstiege am fixen Seil und über Trittstufen an senkrecht aufwärts führenden Leitern brachten ihm den Kreislauf zwischendurch gehörig in Schwung. Nur an wenigen Stellen lagen noch Reste vom ersten Schnee in den Mulden. Souverän überschritt er den westlichen Wengenkopf, dann den östlichen Wengenkopf, zahlreiche Türmchen und Grate wiesen den Weg und die galt es zu bewältigen und daran hochzuhangeln. An manchen Stellen verspürte er viel Luft unter den Füßen, was der Sache den besonderen Kick gab.

Es dauerte Stunden, bis er am Endpunkt des Steigs, auf der grasbewachsenen Kuppe des Großen Daumens eintraf. Das ständige Auf und Ab und die Konzentration beim Klettern hatten ihm wenig Zeit für unnötige Gedanken gelassen. Nur hin und wieder kam kurz der Ärger hoch und sofort wurde sein Puls noch etwas schneller, wie er wegen der körperlichen Anstrengung und der Höhe sowieso schon war.

Nach Stunden hatte er das Ziel am Großen Daumen also erreicht. Hier legte er eine verspätete, ausgedehnte Mittagspause ein. Die Sonne schien und hatte auf der Höhe noch gute Kraft, kein Windhauch war zu verspüren, demzufolge konnte er es gut aushalten und nichts drängte ihn. Völlig alleine war er auch nicht. Zwischendurch kamen weitere Kletterer vorbei, die von diesem Punkt den Klettersteig angehen wollten oder die nach ihm gestartet sind und nun auch ans Ziel kamen. Nein, das Ziel war es eigentlich nicht, denn nach Fels und Graten im Steig, mussten alle noch nach Hindelang weiter oder nach Giebelhaus hinunterkommen. Das brauchte ebenfalls noch eine gewisse Zeit.

Aus diesem Grunde musste er schließlich doch irgendwann aufbrechen und er hielt sich dabei in Richtung Breitenberg, von wo er nun müde geworden mit schweren Beinen, das restliche Stück Weg nach Hinterstein abgestiegen ist. Dort nahm er im Ort den Bus, der ihn nach Sonthofen brachte, und mit der Bahn erreichte er bald darauf Oberstdorf. Für die Nacht suchte er ein Quartier im Ort. Im Spätsommer war es das kein Problem, in einem der vielen Gasthäuser und Pensionen noch ein freies Zimmer zu finden und ein Bett zu bekommen.

Während er den weiten Weg auf einfachen Pfaden nach Hinterstein gelaufen war, hatten ihn die unguten Gedanken wieder ungewollt eingeholt. Zu tief empfand er die Kränkung nur „zweite Wahl" zu sein. „Das will ich auf keinen Fall so auf mir sitzen lassen", nahm er sich vor. „Mir steht zu, an erster Stelle zu sein."

Mehr wie einmal machte er sich bewusst: „Alles, was ich bisher erreicht habe, das habe ich mir hart erarbeiten müssen. Meinem Bruder fiel alles leicht und nur in den Schoß. Da muss ich einen Weg finden, die Sache in meine Richtung umzubiegen." Seine Wut schlug schlagartig in einen ungesunden Ehrgeiz um. „Ich werde meinen Bruder aus dem Weg räumen, dann bin ich dran", schoss ihm eine Idee durch den Kopf und ein wenig erschrak er selber bei dem Gedanken. Je mehr er aber grübelte und sich in diese schräge Lösung verbiss, umso klarer wurde sein Entschluss. „Schon Morgen werde ich die geeigneten Schritte einleiten", nahm er sich vor. „Zuallererst will ich mir eine eigene Wohnung suchen und von zu Hause auszuziehen. Das hätte ich eigentlich schon viel früher machen sollen", gab er sich selbstkritisch.

Noch zwei Tage ließ er sich nicht im Unternehmen blicken, und er hatte in den letzten Tagen auch keinem Menschen eine Nachricht gegeben, wo er ist und was er tut. Nun besuchte er Freunde und Familien, die er gut kannte, telefonierte mit den Immobiliensachbearbeitern der Volksbank und Sparkasse in Hausach, und auf diesem Weg erhielt er mehrere Adressen für vakante Mietwohnungen.

Unter den Angeboten fand er ein hochwertiges, gut zugeschnittenes 1-Zimmer-Appartement in Hausach, das zum nächsten Ersten schon bezugsfähig war. Vorteilhaft war überdies, es hatte eine kleine und komplett eingerichtete Küchenzeile. Nun bestellte er noch einige notwendige Möbel. Was er sonst brauchte, würde er aus seinem Zimmer mitnehmen und benützen können.

Seit dem Gespräch mit so unschönem Ausgang waren gerade drei Wochen vergangen, nun zog er von zu Hause aus und in seine gemietete Wohnung ein.

Seine Mutter hatte mit ihm immer wieder das Gespräch gesucht und wollte ein wenig auf ihn einwirken. Alle Bemühungen wimmelte er lächelnd aber doch entschieden ab. Im Unternehmen dagegen tat er seine übliche Arbeit und vermied jeglichen Kontakt, außer bei notwendigen Besprechungen, wo neben dem Vater und seinem Bruder die Abteilungsleiter und wichtige Fachleute anwesend waren. Da gab er sich neutral und kooperativ.

Hinterher entzog er sich aber sofort jeder Diskussion und bemühte sich erfolgreich seinem Vater und seinem Bruder aus dem
Wege zu gehen.

Nach außen hin zeigte er sich gefasst und konziliant, sodass
sein Vater durchaus den Eindruck gewinnen konnte, sein Sohn
hatte sich mit der aufgezwungenen Situation inzwischen abgefunden, und schon keimte etwas Hoffnung in ihm auf, dass alles gut
werden würde, wenn nur erst die Schmollphase vorbei ist.

Derweil hatte die Chefsekretärin längst einen Notartermin vereinbart, um die besprochenen Schritte einzuleiten und die Ände-
rungen im Handelsregister in Offenburg eintragen zu lassen.

Oben: Edmund-Probst-Haus, unten: Grate des Hindelanger Klettersteig

14

Der formelle Teil

Der Termin stand fest, der Tag war da und die Beteiligten trafen sich im Notariat in Haslach. Die erforderlichen Unterlagen waren im Vorfeld erstellt worden und nun las der Urkundsbeamte jede Zeile sorgfältig und akzentuiert vor. Wie es Reinhold bestimmt hatte, sollte Kurt als Geschäftsführer eingetragen werden und Heinz erhielt Einzelprokura. Jeder bestätigte die Vereinbarungen mit Unterschrift, und nun sollten die Dokumente an das Handelsregister in Offenburg weitergehen. Reinhold hatte sich vorgenommen, diese persönlich zu überbringen und abzuliefern. Das tat er noch am gleichen Tag.

Für den kommenden Morgen hatte Reinhold eine Betriebsversammlung ansetzen lassen und hierbei informierte der bisherige Firmeninhaber seine Mitarbeiter über die getroffenen Veränderungen im Haus. Gleichzeitig stellte er seine Söhne, die alle ja gut kannten, in der jeweiligen Position vor. Zuerst appellierte er an die Belegschaft, loyal mit den neuen Verantwortlichen zusammenzuarbeiten, dann übergab er das Wort zuerst Kurt und anschließend auch an Heinz, damit sie sich an die versammelte Mannschaft wenden konnten. Hinterher wurden die Beschäftigten zu einem Imbiss geladen und hatten, dann war für den Rest des Tages frei.

Schon am nächsten Tag fuhr Reinhold mit seiner Frau in den Süden. Die nächsten Wochen wollten sie in Cannes verbringen. In dieser Zeit sollten sich die Wogen glätten und „kommt Zeit, kommt Rat". Sie wollten gerne mit Abstand beobachten, wie es im Unternehmen weiterläuft und sich entwickelt.

Insgeheim war der Senior nun froh, die Sache hinter sich zu haben, und er atmete erleichtert auf. Alles schien gut zu werden und er war sich sicher, dass sein Ältester sich mit der neuen Konstellation abgefunden und entsprechend eingerichtet hatte.

Er nahm sich aber vor, ein Auge darauf zu halten und sofort einzuschreiten, wenn es Schwierigkeiten geben sollte. Dazu hatte er extra – unter dem Siegel der Verschwiegenheit – seine langjährige und vertraute Sekretärin gebeten, ihm sofort zu berichten, wenn Unstimmigkeiten auftreten oder Dissonanzen feststellbar sind.

15

Quo vadis

Die nächsten Wochen waren für die Geschäftsleitung ausgefüllt mit Kontakten zu den wichtigsten Kunden und Partnern. Die Intension war, denen die zukünftige Entwicklung persönlich darzustellen und vor allem sollte die Kontinuität im Unternehmen unterstrichen werden. Heinz zwang sich innerlich bei allen Begegnungen und Gesprächen mit seinem Bruder oder wo er dabei war, gelassen zu wirken und seine eigentliche Verfassung keinesfalls zu verraten.

Ein sehr erfreuliches Erfolgserlebnis lenkte etwas ab. Es war der Verkaufsleitung gelungen, in Zusammenarbeit mit der Geschäftsleitung und der Technik, zwei Großaufträge an Land zu ziehen, die alle Arbeitsplätze auf mindestens zwei Jahre sicherten. Das gab Anlass zu einem kleinen Umtrunk mit allen Beteiligten. Eifrig wurde im ausgewählten Kreis diskutiert, Pläne geschmiedet, und viel Lob über die bisherige Entwicklung durfte nicht fehlen. Wie immer bei solchen Gelegenheiten, nützte der eine oder andere gerne solche Augenblicke sich wichtigzutun, um nicht spöttisch „einzuschleimen" zu sagen. Doch unabhängig davon, so ein nicht alltäglicher Abschluss durfte schließlich wohl gebührend gefeiert werden. Sich belohnend hin und wieder auf die Schultern zu klopfen, gehörte einfach im Geschäftsleben auch dazu.

Nicht nur nebenbei war man zudem auf einem guten Weg, sich mit Neuentwicklungen zu beschäftigen, und ein neuer Web-Auftritt war auch längst überfällig. Das alles füllte die Zeit und

legte sich wie ein Nebel auf den bei Heinz unterschwellig brodeln-
den Kessel, indem sich viel Dampf aufgebaut hatte.

Schon kam das Jahresende in Sicht und die Eltern planten das
Weihnachtsfest zu Hause zu verbringen. Dem zwangsläufigen Zu-
sammensein aller Familienmitglieder wich aber Heinz elegant und
trotzig aus, indem er über den DAV-Summit-Club eine 11-tägige
Wanderreise „Teneriffa zwischen Strand und Teide" buchte.

Sein Ziel, das sollte der Höhepunkt der Tage werden, war die
Besteigung des Pico del Teide, der höchste Berg Spaniens, und
zwar zu Fuß und nicht mit Hilfe der Seilbahn. Am 22. Dezember
bestieg er in Stuttgart den Flieger und kam am Nachmittag in El
Médano im Süden von Teneriffa an. Von dort ließ er sich in 30
Minuten mit dem Taxi zum Hotel im „Blumendorf" Villa-flor fahren. In diesem Ort begann die Wanderung in einer kleinen
Gruppe, die zuerst durch das bekannte Masca Valley führte, bis
am 7. Tag der Aufstieg zum markanten Gipfel des die Insel domi-
nierenden Vulkanberges vorgesehen war.

Den Aktivurlaub fand Heinz nicht nur als ein ausgesproche-
nes Erlebnis und absolute Spitze, ohne Zweifel seinen Preis wert,
er empfand diese Tage als einen gerechten Ausgleich zur erlitte-
nen Schmach. In diesen Tagen, inmitten einer wandernden netten
Gruppe, dachte er kaum einen Augenblick an seine empfundene
Niederlage. Die erstaunliche Vielfalt der Landschaft, die topografi-
fische Abwechslung, zahlreiche positive Eindrücke, das lenkte ihn
zwangsläufig davon ab. Er erlebte die Tage in einer aus sechs Personen bestehenden, homogenen Gruppe, geführt von einem sou-
veränen, intelligenten und perfekt deutschsprechenden einheimischen Guide. Jeden Tag machte es ausgesprochen Freude, unterwegs zu sein. Immer wieder auf dem Weg oder den schmalen Pfaden wies der kundige Führer auf andere Besonderheiten der Insel
hin, unter anderem auf seltene endemische Pflanzen. „Wie viele

Touristen sind hier schon vorbeigegangen und haben das nicht gesehen, hatten kein Auge dafür?", stellte er einmal in der Runde
die Frage. Zwischendurch berichtete der Guide von der bemer-
kenswerten Entwicklungsgeschichte der Kanaren. Viele Spuren
der Ureinwohner – der Guanchen – wurden so nebenbei tangiert.
Mit viel „Ah und Oh" bewunderten die Wanderer die mannigfal-
tige Farbenpracht der Mineralien, die faszinierenden Naturwunder, die an den noch jungen vulkanischen Ursprung der Insel erin-
nerten. Teneriffa gehört zu den aus sieben Inseln bestehenden
Kanaren – auch „die glücklichen Inseln" genannt – und sie zeich-
nen sich durch eine relativ gleichbleibende Temperatur aus – trotz
der Nähe zum Äquator – und sind somit nicht nur für einen Bade-
urlaub interessant. Es ist ein Eldorado für anspruchsvolle Wande-
rungen in einer faszinierenden, abwechslungsreichen Landschaft
und atemberaubenden Natur, für den, der dafür noch ein Auge
hat oder empfindsame Sinne.

Die Abende verbrachte die Wandergruppe in gut geführten
Hotels, dort bekamen sie ein schmackhaft-reichhaltiges Essen und
jeden Tag für unterwegs ein ausgewogenes Verpflegungs-Paket
gerichtet, damit sie in den Pausen etwas zu essen und zu trinken
hatten. Nach dem Essen am Abend gönnte sich Heinz jeweils zwei
Viertel „Vino Tinto", eines einheimischen, aromatisch-fruchtigen
Rotweins, der auf der Insel wächst und von einheimischen Win-
zern ausgebaut wird. Vor der Bettruhe gönnten sich alle in der
Gruppe einen „Carlos I" als Absacker und prosteten sich mit viel
Hallo und Tamm-Tamm im Blick auf den erlebnisreichen Tag zu.
Beim „Carlos I" handelt es sich um einen altgereiften, hochwertigen spanischen Brandy, der wie Öl durch den Rachen läuft und
einem exquisiten französischen Napoleon Cognac durchaus eben-
bürtig ist.

Der Heilige Abend wurde zwar im Hotel mit einem Festessen
gewürdigt. Das machte man aber nur den Gästen zuliebe, denn

Weihnachten ist in Spanien eigentlich kein besonderer Feiertag. Dafür wird „Dreikönig" im Januar mit Pomp und „Trara" gefeiert. Da aber jedes Jahr um diese Zeit viele Deutsche im Haus weilten, war es schon lange gutes Brauchtum, und man kam einfach im Grunde auch nicht umhin, mit ihnen das Weihnachtsfest gebührend zu feiern. Im trauten Kreise der versammelten Schar stimmten einige der Gäste in das Lied „Stille Nacht, heilige Nacht" ein und gaben somit der Stimmung ein besonderes Gepräge. Einen Weihnachtsbaum gab es nicht, dafür waren Pinienzweige im Raum verteilt und selbstverständlich brannten überall Kerzen und gaben dem Abend ein stimmungsvolles Gepräge. Somit kam doch eine gewisse weihnachtliche Atmosphäre auf. Jeder Gast hatte einen deutschen Lebkuchen bekommen und die Inhaberfamilie spendierte an diesem Abend einige Flaschen Sekt auf Kosten des Hauses.

Seit Heinz und Karl das Licht der Welt erblickt haben, war es für die Familie nun das erste Jahr, an dem nicht alle zusammen in der Familie das Weihnachtsfest miteinander verbracht haben. Bisher war es bei den Franks ein ungeschriebenes Gesetz, dass sie Weihnachten zusammen feierten, und beide Großelternpaare waren mit dabei, solange sie noch lebten. Besonders Mutter Ruthilde grämte sich nun heimlich etwas an diesem Heiligabend und es tat ihr im Herzen weh, ihren ältesten Sohn diesmal nicht dabei zu sehen. Umso mehr verwöhnte sie Karl, ihren Jüngsten.

Den Heiligen Abend sollte aber – und so hatte man es bisher immer gehandhabt – ein festliches Essen krönen, und davon wollte man, trotz den besonderen Umständen, nicht abweichen. Dafür hatte die Hausfrau eine begabte Köchin engagiert – eine junge Frau namens Jessica – die Ruthilde seit langem aus ihren ehrenamtlichen Tätigkeiten kannte. Sie wurden auch nicht enttäuscht. Das 5-gängige Festmenü war exzellent. Guter Wein lockerte nach und nach die Stimmung und am Ende wurde es im dezimierten Kreis doch recht feierlich und ein gelungener, schöner harmonischer Abend.

Die eigentliche Hausdame Kathi hatte an diesem Tag frei und verbrachte den Abend natürlich bei ihrer Familie.

Schon vor Jahren hatten sie sich vorgenommen, zu Weihnachten keine aufwendigen Geschenke mehr zu machen und stattdessen eine adäquate Summe den „SOS-Kinderdörfern" zukommen zu lassen. Auch in diesem Jahr wurde es so gehandhabt und ein nettes Sümmchen dieser Einrichtung gespendet.

Der Abend verlief im Übrigen ohne Besonderheiten. Man unterhielt sich angeregt und diskutierte über die Familie, unvermeidlich auch über das Geschäft, am Rande noch über sonstige Interessen oder aktuelle Ereignisse. Die Eltern erzählten von Erlebnissen oder ihrem Aufenthalt in Cannes, wobei Reinhold an diesem Abend eher ein wenig zu viel vom ausgewählten Rotwein trank, den er sich extra von der Winzergenossenschaft Gengenbach hatte kommen lassen. Den hatte der Einkauf im Unternehmen auf seine Anweisung allerdings nicht nur rechtzeitig für ihn und seinen Keller bestellt, sondern auch die guten Kunden erhielten einen oder mehrere Kartons des edlen Tröpfchens. Jetzt, an diesem Abend war er gegen 23 Uhr schon müde und so zogen sich die Eltern noch vor Mitternacht in ihr Schlafgemach zurück.

Auch Kurt begab sich in sein Zimmer. Ausgehen lohnte sich nicht mehr, das war auch nicht sinnvoll, denn die meisten Lokale in der Stadt hatten an Heiligabend sowieso geschlossen. Notgedrungen verbrachte er noch eine Weile vor dem Fernseher, bis auch er sich entschloss, nun sich in die Horizontale zu begeben und Schlaf zu finden.

Die Weihnachtstage gingen vorüber und schon war es Silvester, ein neues Jahr brach an. Die Eheleute Frank blieben bis „Dreikönig" am 6. Januar zu Hause und reisten erst dann wieder in den Süden. Inzwischen war auch Heinz zurück und hatte kurz bei ihnen hereingeschaut und in wenigen Sätzen den Eltern von seinen Erlebnissen und Eindrücken im Urlaub geschwärmt.

Am ersten Arbeitstag nach den Feiertagen waren Heinz und Kurt wieder im Unternehmen und gingen den gewohnten Tätigkeiten nach; „business as usual", wie man im Geschäftsleben zu sagen pflegt.

Nach einer Sitzung mit den Führungskräften ließ Heinz bei Kurt kurz die Frage anklingen, „ob man an einem verlängerten Wochenende im Sommer nicht zusammen wieder einmal eine gemeinsame Bergtour machen wolle? Ich habe den Säntis im Sinn und an den relativ leichten Weg vom Hohen Kasten über den Lisengrat gedacht, der hoch bis zum Säntisgipfel geht." „Ich will es mir überlegen und sehen, ob es dem Terminkalender nach reinpasst", erwiderte Kurt freundlich. Im Grunde freute er sich über den Tipp und war sich schon sicher, dass er da mitmachen will, wenn es irgendwie geht. Schon um das gestörte Verhältnis zu seinem Bruder wieder auf eine bessere Basis zu stellen, war ihm das wichtig.

Schlagartig wurde ihm hinterher aber bewusst, dass er dafür in den nächsten Monaten doch noch einiges für seine Kondition tun müsste. Er wusste sehr wohl, wie sportlich und durchtrainiert sein Bruder ist, da würde er keinesfalls mithalten können. Blamieren wollte er sich aber auch nicht oder seinem Bruder den Triumph gönnen, ihn am Boden zu sehen, „Da ist aber noch genug Zeit etwas zu tun und dann wird es schon werden", beruhigte er sich selbst.

Blick zum Teide und eine Impression im Krater der Caldera

16

Kurt verliebt sich

Der Frühling zog mit Macht ins Land und schon im März herrschte langanhaltend mildes Wetter. Die Schneeglöckchen blühten an sonnenbeschienenen Stellen schon länger und die Tage wurden spürbar wärmer. Die günstige Witterung dauerte auch über die folgenden Wochen und Monate noch an. Die Sonne schien an überdurchschnittlich vielen Tagen und die Natur zeigte sich von der schönsten Seite. Die Vegetation kam in den Saft und in den Obstplantagen von Schnellingen und überall in den Gärten und Streuobstwiesen des Tales sah man bereits Ende April ein wahres Blütenmeer. Dass es früher schon einmal ein so anhaltend schöner Frühling gab, daran konnte sich Kurt nicht erinnern.

Es nahm Ende März an einem Seminar für Führungskräfte in Weikersheim im Hohenloher Land teil. Zu den Teilnehmern gehörte auch eine äußerst attraktive junge Frau, die ihm sofort positiv auffiel. Sie kam aus Offenburg, wie sich bei der persönlichen Vorstellung am Anfang der Veranstaltung herausstellte und betreute die „Innere Revision" bei der Volksbank. Hier arbeitete sie dem Aufsichtsrat und Vorstand zu.

Am ersten Abend der Veranstaltung trafen sich die Teilnehmer mit dem Coach in der „Fürstlichen Weingalerie" im Schloss Weikersheim. Während der Verkostung edelster Tropfen kamen sich Kurt und Natascha – so hieß die junge Dame – etwas näher und bald in ein anregendes Gespräch. Je länger er sich mit ihr unterhielt, umso besser gefiel sie ihm auch. Bei ihr hatte Kurt, wie es schien, auch einen guten Eindruck hinterlassen. Man hatte sich den Abend über bestens unterhalten, und die Weinprobe mit exquisiten Tropfen lockerte zusätzlich die Stimmung, das zeigte bald seine Wirkung. In der folgenden Nacht wurde er häufiger wach und immer wieder sah er im Geiste ihre weichen, femininen Gesichtszüge und ihre beeindruckend blauen Augen. Der nächste Tag hatte wichtige Programmpunkte auf der Agenda. Da musste sich Kurt richtig zusammennehmen und sehr konzentrieren, um den Vorträgen bewusst folgen zu können, damit er am Ende zumindest die Essential mitbekam. Dafür hatte er sich ja extra im Unternehmen diese zwei Tage freigeschaufelt.

Nach dem Ende der Veranstaltung fasste er sich ein Herz, nahm allen Mut zusammen und stellte Natascha bei der Verabschiedung direkt die Frage, „treffen wir uns demnächst einmal in Offenburg oder in der Umgebung zu einem guten Essen oder Glas Wein?" Sie lächelte und sagte spontan zu. Er merkte, wie ihm das Herz höherschlug, und es fiel ihm schwer seine Freude nicht zu sehr zu zeigen, sonst fürchtete er wie ein Primaner zu erröten. Das wäre doch undenkbar für ihn, den gestandenen Geschäftsmann und Unternehmer. Sie tauschten noch die Adressen und Telefonnummern aus und dann ging's ab auf den Heimweg.

Schon am folgenden Freitagnachmittag wählte er die ihm übergebene Handy-Nummer. Sie nahm das Gespräch an und sie verabredeten, sich am nächsten Tag um 19 Uhr im „Hotel Ritter" in Durbach zu einem Abendessen zu treffen. Nobel fand er zudem, dass Natascha sich bereitfand, im Restaurant einen Tisch reservieren zu lassen. Sie begründete das: „Ich kenne die Inhaberfamilie persönlich sehr gut." „Das hat doch wunderbar geklappt. Ich bin ein Glückspilz", dachte er insgeheim und konnte kaum noch seine Gedanken zügeln. Endlos zogen sich die Stunden dahin, bis der

Zeitpunkt gekommen war, dass er sich in Richtung Offenburg aufmachen konnte und in den Weinort Durbach fuhr.

Das romantische Candle-Light-Dinner umrahmte die traute Zweisamkeit, war erstklassig und ließ keine Wünsche übrig. Schnell merkte Kurt, dass zwischen ihnen viele Gemeinsamkeiten bestanden. Auch Natascha hatte ein Einser-Abitur und eine glänzende Ausbildung hinter sich. Zuerst absolvierte sie in Mannheim ein Betriebswirtschafts-Studium und eine weitere Ausbildung bei der Frankfurter School of Finance & Management. Danach erhielt sie eine Anstellung als Führungskraft in der Volksbank Offenburg.

Nach einem Gläschen Champagner zur Begrüßung hatten sich noch vorhandene Hemmschwellen schnell abgebaut und sie vergaßen im unterhaltsam lockeren Gespräch fast die Zeit. Dabei fiel ihm immer mehr ihr offenes, lebensbejahendes Wesen auf, dazu die samtweiche Stimme mit einem gewissen Etwas im Ton. Sehr angenehm war ihm, immer wieder in ihre stahlblauen Augen schauen zu dürfen. Sie bemerkte es wohl und hielt seinem Blick stand, das zeigte ihm, dass er ihr nicht uninteressant erschien.

Der Uhr zeigte längst nach Mitternacht, als sie nach der Rechnung verlangten und bei getrennter Kasse bezahlten. Sie hatte ihm dafür unbeobachtet die Summe ihres Anteils zugesteckt. Gerne hätte er alles übernommen, das lehnte sie aber ab, und er wollte sie damit nicht drängen und akzeptierte es so wie es war.

Gemeinsam schritten sie ohne Eile zur Tür und verließen das Haus. Bei der Verabschiedung auf dem Parkplatz drückte sie ihm völlig unerwartet und spontan einen innigen Kuss auf den Mund. Dabei dankte sie ihm für den schönen Abend. Das verblüffte ihn völlig und ein Schauer lief über seinen Rücken. Im Gefühl auf Wolke sieben zu schweben, machte er sich beschwingt auf den Heimweg. Dieses Gefühl der „Schmetterlinge im Bauch haben", wie man landläufig sagt, das war ihm völlig neu. „Daran kann man sich aber durchaus gewöhnen", stellte er fest, und machte triumphierend eine Faust; wow! Noch tagelang träumte er nachts von diesem ersten Rendezvous und konnte es in der nächsten Woche kaum erwarten, sich wieder mit ihr zu treffen. Das kommende Wochenende war aus geschäftlichen Gründen verplant, sodass man sich erst für das Wochenende darauf verabreden konnte.

Doch in den nächsten zwei Monaten traf sie sich öfters an wechselnden Orten. Nun rächte es sich, so empfand es Kurt bedauerlich, dass er es bisher nicht für nötig gehalten hatte, nach einer eigenen Wohnung Ausschau zu halten. Die Eltern waren zwar rund 9 Monate des Jahres in Cannes und das Haus nur von ihm – und tagsüber von der seit Jahren beschäftigten Hausdame Kathi – bewohnt, es war aber eben nicht sein Haus und somit wohnte er schlichtweg wie ein kleiner Junge noch bei den Eltern. Das klang in seinem Alter etwas abwertend und hörte sich eher nach „Muttersöhnchen" an. Dieser Zustand wurde ihm nun erst richtig bewusst. „Das muss ich schnellstens ändern", nahm er sich vor und er dachte daran, in Haslach nach einer Eigentumswohnung zu suchen und sie käuflich zu erwerben. Sofort gab er der Immobilienabteilung in der Sparkasse den Auftrag, sich nach einem geeigneten Objekt umzusehen.

Immer noch ärgerte ihn auch, dass er so unvorsichtig war, und in einem Gespräch mit seinem Bruder von seiner neuen Beziehung verriet, die er dabei als „klasse Frau" bezeichnete und von ihr ihn höchsten Tönen schwärmte. Ihm schien es, als wenn er dabei Blitze in den Augen seines Bruders entdeckt hätte. War da wieder Eifersucht im Spiel? Sein Gefühl sagte ihm, „warum konnte ich nicht den Mund halten? Da hätte ich besser geschwiegen." Nun war es aber raus und das Thema damit beendet.

Das geplante Vorhaben, gemeinsam eine Tour am Säntis zu machen, rückte derweil immer näher. Verstärkt hatte er in den letzten Monaten mit dem Rad trainiert und war zudem hin und wieder in für ihn flottem Tempo zur Heidburg oder zur Biereck hoch gejoggt. Seine große Liebe „Natascha" war gleichfalls sportlich, nein, ihm darin sogar deutlich überlegen. Sie begleitete ihn gerne manchmal, und sie sind von Ortenberg auf das „Hohe Horn" in – für ihn Rekordzeit – gelaufen oder an einem Sonntag zum Mooskopf und sie haben dort den Turm bestiegen. Von der Plattform des Turms, der weithin vom Rhein-, dem Rench- und Kinzigtal sichtbar auf der Bergkuppe steht, hatten sie eine traumhafte Sicht ins Rheintal, hin zu den Vogesen, in die weiten Täler und über die Höhenzüge der Schwarzwaldberge bis Freudenstadt, zum Feldberg und anderen markanten Gipfeln im Südschwarzwald. Was wollte man mehr, als an einem sonnigen Tag mit einer so attraktiven Begleitung unterwegs zu sein? Auf dem Rückweg kehrten sie auf der Kornebene im Naturfreundehaus ein und stärkten sich mit einer Bratwurst und tranken ein Weizenbier dazu. Das glich den Flüssigkeitsspiegel aus und gab wichtige Elektrolyte dem Körper zurück. Schon lange hatte Kurt eine einfache Bratwurst nicht mehr so lecker geschmeckt wie an diesem Platz auf der Höhe. Lachend sprach er mit Natascha über diese Tatsache und philosophierte eine Weile: „Was doch so ein Trip in die Natur alles bewirken und ausmachen kann."

Ihm war bewusst, welche Kondition sein Bruder besitzt, und, „dass dieser sie gezielt einsetzen würde, um ihm unterwegs deutlich zu zeigen, wer der Bessere ist", da machte er sich nichts vor. „Das werde ich auch nicht aufholen können, aber ich fühle mich inzwischen doch relativ fit und, meine Stärke ist, ich bin zäh und ausdauernd, da gebe ich mich nicht so schnell geschlagen, da müsste ich gut mithalten können." Ursprünglich kam ihm kurz in den Sinn, Natascha zu fragen, ob sie eventuell mitkommen würde, das hätte seinen Bruder als Kavalier sicher etwas ausgebremst, doch den Gedanken verwarf er schnell wieder. „Wer weiß, wie das ablaufen würde? Da will ich besser kein Risiko eingehen."

17

Dunkle Wolken ziehen auf

Die letzten Wochen und Monate waren an den Franks nicht spurlos vorübergezogen, auch wenn sie weitab des Geschehens in Haslach in diesen Tagen in Cannes weilten. Sie schöpften zwar Hoffnung, dass sich alles einrenken würde, doch so ganz trauten sie der Sache immer noch nicht. Da war bei beiden das maue Bauchgefühl, das ihnen sagte, „die Sache ist noch nicht ausgestanden." Vor allem Ruthilde machte sich mehr Sorgen wie sie wollte, und sie quälte sich bei dem Gedanken, ob das alles so wie es gelaufen ist auch richtig war oder es nicht eine bessere Lösung gegeben hätte. „Wäre es nicht doch besser gewesen, das Unternehmen an einen Interessenten zu verkaufen. Anfragen waren schließlich genug da?" Ja, ihr Erstgeborener, der lag ihr doch sehr am Herzen.

Das, was sie aus Haslach hörte, ließ sie ein Wechselbad der Gefühle durchleben. Hatte sie den Eindruck, es lief gerade bestens, dann wurden ihr wieder Vorfälle und Anzeichen von Zerwürfnissen zugetragen, die sie innerlich sehr belasteten. Mit ihrem Mann sprach sie kaum über ihre sorgenvollen Stimmungen, konnte aber nicht ausschließen, dass er mehr davon mitbekam, denn schließlich kannte er seine Ruthilde gut genug, er spürte intuitiv, wenn etwas bei ihr nicht stimmte, nicht in Ordnung war.

Erschwerend registrierte sie als Mutter, dass Heinz kaum einmal mit ihr telefonierte und unerklärlich bei vielen Versuchen von ihr nicht erreichbar war oder nicht ans Telefon ging. Nicht einmal ein Rückruf folgte dann danach. „Das wäre doch das Mindeste gewesen", meinte sie, und das hatte er früher, wenn sie ihn einmal nicht erreicht hatte, immer getan. So wie er sich jetzt verhielt, das war also ganz und gar nicht so seine Art.

Andere negative Nachrichten aus der Heimat und ihrer Verwandtschaft kamen dazu. Immer wieder bat sie Reinhold, es doch irgendwie zu schaffen, dass er sich mit seinem Sohn und beide untereinander versöhnt und man wieder wie eine harmonische Familie miteinander umgeht. „Das ist mir ein Herzensbedürfnis, sonst habe ich keine Ruhe und es raubt mir den Schlaf", fügte sie hinzu, um ihrem Wunsche mehr Gewicht zu verleihen.

Inzwischen war es ein warmer Nachmittag im März. Seit Stunden hing ein Gewitter wie ein Damoklesschwert in der Luft. Die Temperatur am Meer wurde an diesem Tag ungewöhnlich als sehr unangenehm und schwül empfunden. Gemeinsam bummelten sie gemächlich die Strandpromenade entlang und hatten sich vorgenommen, anschließend in einem der urigen Strandcafés einzukehren. Reinhold wollte einen doppelten Espresso und sie einen Cappuccino trinken und dazu wünschten sich beide ein gutes Stück Kuchen zu essen. Plötzlich wurde es Ruthilde schwindelig und purer Schweiß lief ihr von der Stirn. Dabei sah sie aus „wie das Kätzchen am Bauch". „Ruthilde, was ist mit dir?", fragte Reinhold besorgt. „Mir ist ganz schummerig, es geht mir nicht gut, komm lass mich an die frische Luft und kurz im schattigen Park auf einer Bank Platz nehmen, es geht bestimmt schnell wieder vorbei. Die Schwüle macht mir mehr zu schaffen, wie mir lieb ist." Er hinterlegte zwanzig Euro und sie verließen das Lokal. Einige Schritte weiter standen weitausladende Palmen und unter einen gab es eine Bank, wo sie sich niedersetzten. Dabei ließ Reinhold seine Frau keinen Augenblick aus den Augen.

Nach etwa zehn Minuten meinte sie, „Reinhold, mir geht's etwas besser, aber bitte bring mich nach Hause, damit ich mich dort niederlegen kann." „Okay, bleibe hier sitzen, ich hole schnell den Wagen aus der Tiefgarage und dann fahren wir zurück", erwiderte Reinhold und machte sich schleunigst auf den Weg.

Sein Auto stand nicht sehr weit entfernt in einer Tiefgarage, und so dauerte es auch nur eine knappe Viertelstunde, bis er am Rand der breiten Boulevardstraße anhielt. Dass hier absolutes Halteverbot herrschte und eine Strafe saftig ausfallen könnte, das interessierte ihn zu diesem Zeitpunkt herzlich wenig oder überhaupt nicht.

Die Fahrt zur Wohnanlage, wo sie ihr Appartement hatten und wohnten, dauerte wenige Minuten, und als sie in der Wohnung waren, legte sich Ruthilde auf ihr Bett, kam aber nicht zur Ruhe. Ihr Herz raste wie wild und sie meinte in jedem Augenblick würde es zerspringen. Es war ihr auch leicht übel, ohne dass sie sich bisher erbrechen musste.

Nachdem sich nach einer halben Stunde keine Besserung gezeigt hatte, entschloss sich Reinhold notgedrungen die Notfallnummer der „Allo Médecin de Garde" zu wählen. Ein Notarzt kam, und nachdem dieser den Puls gemessen und die Herztöne abgehört hatte, spritzte er ihr ein kreislaufstärkendes Mittel und riet, die Frau in das Hôpital de Cannes in der 15, avenue des Broussailles vorsorglich zur Beobachtung überführen zu lassen.

Schnell wurden ein paar Sachen, Waschzeug, Bademantel und das Nachthemd in eine Reisetasche gepackt und Reinhold hatte sich entschlossen mit dem eigenen Wagen hinter dem Krankenwagen herzufahren und seine Frau zu begleiten.

Die Nacht verbrachte Ruthilde in der Privatstation des Hospitals, während der leitende Oberarzt sich rührend um sie kümmerte. Nach der zu Hause noch verabreichten Spritze ging es Ruthilde schnell weitaus besser und in der Nacht hatte sie keine Beschwerden mehr. Der Arzt meinte, „dass sie eine Herzrhythmus-Störung gehabt hatte. Das ist in ihrem Alter nicht selten, man darf das aber auch nicht auf die leichte Schulter nehmen. Sie sollte sich einmal eingehend gründlich untersuchen lassen und eventuell vorsorglich eine Kur machen. Eine längere professionelle Beobachtung schadet keineswegs." Nach dem Abschluss-Gespräch mit dem Oberarzt konnte sie am nächsten Vormittag das Hospital wieder verlassen. Die Nacht hatte Reinhold bei ihr im Zimmer verbracht, und nun fuhr er sie doch etwas erleichtert ins Domizil zurück.

In zwei Wochen stand Ostern vor der Türe. Ruthilde war es wichtig und Reinhold teilte die Meinung seiner Frau, dass die Feiertage genützt werden sollten, um die Familie wieder an einen Tisch zu bringen. Beide Söhne hatte Reinhold über den Vorfall informiert. Sie zeigten Bestürzung, soweit man das den Äußerungen am Telefon entnehmen konnte und vor allem Kurt drängte darauf, „bitte kommt sofort zurück, dass sich Mutter hier erholen kann. Hier kennt sie die Ärzte, hier ist sie in einer vertrauter Umgebung." Reinhold sagte zu, „dass man über Ostern in Haslach sein wolle." Damit wollte er es zu diesem Zeitpunkt einmal bewenden lassen.

Zwei Tage später telefonierte auch Ruthilde mit ihren Söhnen, wobei ihr Kurt riet, „sich doch unbedingt einen Termin für eine Kur in Bad Krozingen geben zu lassen oder er wolle dies gerne veranlassen. Da sie privat versichert sind, dürfte das kurzfristig machbar sein." „Warte bitte ab, bis wir in Haslach zurück sind, wir werden dann in Ruhe über alles sprechen", versuchte sie den Tatendrang ihres sensiblen Sohnes ein wenig zu bremsen und ihn trotzdem zu beruhigen.

Sie hatte das Gespräch zudem genutzt, beide Söhne zu bewegen, den Ostersonntag gemeinsam zu verbringen, und auch Heinz hatte sich schließlich dazu bereit erklärt – nicht weil es ihn aus der familiären Bindung dazu drängte, sondern weil er bei der Verwirklichung seines Planes im Vorfeld keinerlei Verdacht aufkommen lassen wollte. Da wollte er „lieber gute Miene zum bösen Spiel" machen.

Die restlichen Tage vergingen schnell und Ruthilde hatte seit dem Krankenhausaufenthalt keine unangenehmen Symptome mehr verspürt, so meinte sie: „Das war ein einmaliger körperlicher Ausrutscher oder eher ein hilfreicher Wink des Schicksals."

Gegen Abend am Mittwoch vor Karfreitag kamen sie in Haslach an und Ruthilde hatte damit genug Zeit, mit der Haushaltshilfe das Ostermenü zu besprechen und die nötigen Vorbereitungen für den Sonntag zu treffen. Ihr war es lieber, das gemeinsame Essen in der vertrauten Umgebung einzunehmen, statt in einem Restaurant zu sitzen. Sie versprach sich davon, dass die Gespräche harmonischer verlaufen würden, und auch allgemein gab es manches zu besprechen, wo heimliche Zuhörer nicht unbedingt erwünscht waren.

Tags darauf hatten die Eltern Gelegenheit auch Natascha kennenzulernen. Sie war schon am frühen Nachmittag aufgetaucht und hatte Kurt abgeholt. So ergab es sich fast nebenbei, dass sie die junge Dame, von der ihr jüngerer Sohn so schwärmte, auch einmal persönlich kennenlernten, und sie waren sofort von der Ausstrahlung, der eleganten Erscheinung angenehm angetan. Von Herzen beglückwünschten sie ihren Sohn zu seiner Eroberung und natürlich konnte es Ruthilde nicht unterlassen, ihrem Sohn ein paar gute Ratschläge auf den Weg mitzugeben.

18

Ein Wolf im Schafspelz

Wie es die Eltern sich gewünscht hatten, verbrachten alle den Ostersonntag gemeinsam mit ihnen. Mittags gab es Hasenbraten mit breiten Nudeln. Das hatte sich Heinz gewünscht, denn Hasenbraten war immer schon seine Leibspeise, neben zwei anderen Gerichten, wie dicke Bohnen (Saubohnen) – warm oder als Salat war egal – sowie Kräuselkraut mit Bauchspeck oder einer würzigen Bratwurst.

Das Festessen war vorzüglich, dazu stand diesmal ein Rotwein aus Südfrankreich auf dem Tisch, den Reinhold sich extra zu diesem Anlass besorgt und mitgebracht hatte. Es war ein Cuvée des Pâtres Cabrières Rouge AOC, Languedoc, La Coopérative de Cabrières, Jahrgang 2004, der sich durch eine dunkelrote Farbe auszeichnete und im Aroma eine leichte Note nach Brombeeren zeigte.

Die Gespräche bei Tisch drehten sich vornehmlich um betriebliche Abläufe, beleuchtet wurde das, was in den letzten Monaten abgelaufen ist und angefallen war, und auch, welche zukünftigen Entwicklungen zu erwarten sind. Das alles nahm einen breiten Raum ein. Betont hob Kurt die störungsfreien Abläufe in der Technik hervor. Er wollte ganz bewusst die Leistungen seines Bruders hervorheben und der vernahm es wohl. „Gesülze, alles nur pla, pla", dachte dieser, sagte aber nichts dazu. „Redet nur, ich habe meine eigenen Ziele im Auge und wer zuletzt lacht, lacht am besten", so weiter seine Gedanken.

Nach außen hin ließ er sich also nichts anmerken. Gekonnt gab er, wie gewohnt, den humorvollen Plauderer und ließ auch immer wieder einmal durchblicken, was man noch ändern und verbessern könnte, wohin die Entwicklung in den nächsten Jahren auf dem technischen Sektor steuern wird. Die IT-Vernetzung wird in den betrieblichen Abläufen immer mehr eine Rolle spielen und automatisierte Vorgänge den Menschen weitgehendstes ersetzen. Mehrere Roboter der neuesten Generation standen schon in den Hallen. Dazu wird neue, viel leistungsstärkere Computer brauchen, schnellere und mit deutlich mehr Speicherkapazität, wobei die Cloud für die Datenmengen eine zentrale Rolle spielen wird. Für die Lagerhaltung muss man eine verbesserte Software haben und ein automatisiertes Hochregallager steht überdies auf dem Wunschzettel.

Die Mutter vernahm mit Interesse, was sie hörte und schon hegte sie Hoffnung, alles würde wieder gut werden; so wie es ursprünglich einmal war. Natürlich wurden auch ihre körperlichen Beschwerden ausführlich beleuchtet und fürsorglich oder sorgenvoll – wie man will – gab es von allen Seiten gute Ratschläge, wie sie sich in der Zukunft schonender verhalten und mit ihren Kräften haushalten sollte. Dass der familiäre Zwist einen hohen Anteil an den Beschwerden hatte, überging man in dieser Diskussion geflissentlich.

„Erstens sollte eine Kur bald angetreten werden, dann müsste sie sich in der Zukunft auch etwas mehr bewegen", war der allgemein gute Rat. „Auch in Cannes muss es doch Clubs geben, wo du seniorengerecht trainieren kannst. Besuch ein Fitness-Studio oder so was ähnliches", meinte Kurt mit ernsthafter Miene. „Lasst nur", meinte Ruthilde, „Hauptsache ihr vertragt euch und arbeitet miteinander und nicht gegeneinander. Das ist für mich die beste Medizin – und du, Heinz", wandte sie sich an ihren Ältesten und gab ihrer Stimme eine gewisse Bestimmtheit, ohne den mütterlich besorgten Ton ganz zu verlieren, „du solltest dich nun auch endlich ernsthaft nach einem Mädchen, einer geeigneten Frau umsehen, die dich nicht nur ablenkt, sondern eine Bereicherung für dein Leben sein kann. Sport kannst du nicht ewig machen. Außerdem gibt es heute viele sportlich sehr gute und ehrgeizige Frauen, die dir gleichwertig sein werden, du siehst es ja bei Natascha. Da kannst du alle Aktivitäten gemeinsam mit einer netten Partnerin tun. Das wäre doch auch nicht schlecht, oder? Wir, dein Vater und ich, würden gerne noch erleben, dass Enkelkinder an solchen Tagen wie heute bei uns herum tollen."

„Das war nun eine lange Rede, Ruthilde, die du hier in einem Stück vorgetragen hast", erwiderte Heinz, und sie sah wohl, wie er die Augenbrauen hochzog, aber dabei schmunzelte. „Man wird sehen, was da kommt", bruddelte er vor sich hin um dann von diesem für ihn unangenehmen Thema abzulenken, und er kam auf die Bergtour zu sprechen, die er mit Kurt an Fronleichnam gemeinsam unternehmen wolle. „Wo soll es denn hingehen?", wollte die Mutter wissen, „und kann man Ende Juni denn schon in die Berge gehen, liegt da nicht noch viel zu viel Schnee?" „Das Säntis-Massiv ist im mittleren Höhenbereich. Selbst wenn es noch Flächen mit Schnee gibt, sind die Wege um diese Zeit sicher begehbar, und wenn es doch noch da und dort Schnee haben sollte, dann sind wir gut ausgerüstet", erwiderte Heinz und versuchte seine Mutter damit zu besänftigen und ihre die Sorge zu nehmen.

Drei Wochen nach Ostern fuhr Reinhold seine Frau nach Bad Krozingen, wo sie in der Theresien-Klinik eine 5-wöchige Kur antrat. Schon bei der Terminvereinbarung und in Absprache mit Dr. Keller, ihrem langjährigen Hausarzt in Haslach, hatte man ein Zusatzpaket für Wellness und Fitness gebucht. So sollte – hoffte

Reinhold zumindest – seine Frau nicht nur gut durchgecheckt werden, sondern auch schnell wieder richtig auf die Beine kommen und körperlich besser fit werden.

In der Klinik hatte sie ein komfortables Zimmer mit Doppelbett zur Verfügung. So war es möglich, dass Reinhold zwischendurch bei ihr in der Klinik sein konnte und dort übernachtete. Nicht weit entfernt ist das Thermalbad, die Vita Classica Therme, in die sie öfters zum Schwimmen gehen wollten, wenn Reinhold anwesend ist, so ihr Plan.

Die ersten Tage blieb Reinhold im Haus. Er hatte extra die Erlaubnis eingeholt und bekommen, die erste Woche bei seiner Frau sein zu dürfen, danach aber, meinte der behandelnde Chefarzt und Kardiologe Prof. Stefan Jost: „wäre es für den Erfolg der Maßnahmen besser, wenn die Patientin zumindest wochentags alleine ist. Die vorgesehenen Behandlungen nehmen viel Zeit in Anspruch und werden ermüdend wirken, sodass ihre Frau hinterher etwas mehr Ruhe brauchen wird", begründete er dies, Reinhold zugewandt.

Das leuchtete Reinhold auch ein und so blieb er nur während der ersten Woche bei seiner Frau. Dann kam er jeweils am Samstagvormittag und blieb bis zum Sonntagabend. An den Wochenenden, wo keine Behandlungen stattfanden und kein Training vorgesehen war, machten sie miteinander Ausflüge auf den Kandel, besuchten den Belchen – die beiden schönsten, waldfreien Kuppen im Süd-schwarzwald – und fuhren durch die Ferienregion Münstertal „dem Tal der 100 Täler", wie die Werbung vollmundig schreibt, wo auch tatsächlich die verstreuten Siedlungskerne bis tief in den Schwarzwald hineinreichen.

Sie bummelten nicht nur durch das schöne historische Städtchen Staufen, sondern auch in anderen Orten des lieblichen Markgräflerlandes. Erschüttert sahen sie die vielen Risse an den alten Fachwerkgebäuden in Staufen, die nach einer missglückten

Erdwärmebohrung entstanden sind. Sie konnten sich gut ausmalen, welche Katastrophe das für die jeweiligen Hausbesitzer bedeutet, selbst wenn Entschädigungen von staatlichen Stellen und Versicherungen in Aussicht gestellt wurden. „Da muss doch jedem Hausbesitzer das Herz bluten, ein Albtraum für ihn sein", sagte Ruthilde mitfühlend zu Reinhold, während sie gemächlich durch die Fußgängerzone dieses Städtchens bummelten, dem Goethe mit Dr. Faust einst ein literarisches Denkmal widmete.

Nach dem halbstündigen Stadtrundgang kehrten sie im legendären Café Decker ein, gönnten sich zum Kaffee eine Schwarzwälder Torte. Das Haus ist weithin berühmt dafür und die Torte wahrhaft ein Gedicht für alle Sinne. Bevor sie danach weitergingen, blieben sie noch eine Weile vor der genieteten Stahlbrücke stehen, die direkt neben dem Haus über das kleine Flüsschen Neumagen führt. Dabei handelt es sich um ein sehenswertes technisches Denkmal aus der Frühzeit des Metallbaus mit Gusseisen. „Da hätte auch mein Großvater beim Betrachten seine helle Freude daran gehabt, wenn er es hätte fachmännisch begutachten dürfen", bemerkte Reinhold anerkennend. „Doch für den waren so weite Ausflüge damals noch Luxus, sowas konnte der sich nicht leisten."

Den einen oder anderen Nachmittag oder die Abende an den Wochenenden verbrachten sie in einem schönen gemütlichen Lokalitäten in der Umgebung, so unter anderem im Weinort Auggen, wo ein Viertel „Auggener Schäf", dem weithin bekannten Markgräfler Wein aus dem Ort zu „sürpfle" ein Muss ist. Doch nur Reinhold trank davon, denn seine Frau wollte während der Kur völlig auf Alkohol verzichten. In Bad Bellingen kehrten sie ein und für einen Abend hatten sie sich in Sulzburg angemeldet, um sich dort im „Hotel Hirschen" einmal von der hochdekorierten Sternenköchin Douce Steiner kulinarisch verwöhnen zu lassen. Die bemer-

kenswerte Köchin wurde schon als „Sternenköchin ohne Starallü-
ren" in SWR-Sendungen tituliert und einem breiteren Publikum
vorgestellt.

Die Tage flogen nur so dahin und schon war der letzte Tag an-
gebrochen. Ruthilde fühlte sich wieder fit und voller Unterneh-
mungsgeist, hatte sich aber auch vorgenommen, zukünftig mehr
auf ihre Gesundheit und das Gewicht zu achten. Dafür wollte sie
zukünftig auch etwas mehr tun. „Schließlich wollen wir ja noch
viele schöne und unbeschwerte Jahre in unserem geliebten Cannes verbringen, nicht wahr Reinhold?, wandte sie sich lachend an
ihren Mann und hakte ihn unter. „So ist es, mein Liebling", bestätigte er und gab seiner Frau einen Kuss.

Park in Bad Krozingen und Staufen mit Blick zur Ruine

19

Gemeinsam in die Berge

In Baden-Württemberg und einigen anderen Bundesländern ist Fronleichnam immer noch ein gesetzlicher Feiertag, und wie in überwiegend allen gewerblichen Betrieben, hatte man den auf den Donnerstag folgenden Freitag als Brückentag vorgesehen. Für alle Mitarbeiter, die nicht zum Schichtdienst gebraucht wurden, war Urlaub angeordnet worden. So wurde es Heinz und Kurt ohne Umstände möglich, die vorgesehene Mehrtages-Tour im Säntis-Massiv zu machen. Die Eltern weilten nach der Kur inzwischen schon wieder in Cannes.

Schon um 6 Uhr fuhren die Brüder in Haslach los. Auf den Straßen an Wolfach und Rottweil vorbei, sowie von dort auf der ansonsten viel befahrenen Autobahn A 81 an den Bodensee, war an diesem Tag noch relativ wenig Verkehr. Somit kamen sie zügig voran und hatten bald auch Konstanz ohne Stau und Verzögerung erreicht. Direkt nach der Brücke über den Rhein überfuhren sie die Landesgrenze zur Schweiz, die sie ohne Kontrolle passieren durften, und dann waren sie auch bald schon in Brülisau angekommen, einem kleinen Weiler am Fuße des Hohen Kasten.

Den Rucksack hatten sie vollgepackt mit allem, was für die Tour und die Übernachtungen benötigt wurde. Das Wichtigste war, dass sie ausreichend Getränke dabei hatten sowie genügend Essen für zwischendurch. Eine wind- und wasserdichte Wanderjacke gehörte selbstverständlich zur Ausrüstung dazu, denn auf rund 2500 Meter Höhe kann es sehr schnell empfindlich kühl werden. Zuletzt schlüpften sie in die Bergschuhe, schnürten sie fest und passten die Wanderstöcke an, dann konnten sie starten.

Beide waren sich unausgesprochen darin einig: „Wir werden keinesfalls die Kabinenseilbahn auf den Berg nehmen, sondern gehen die paar hundert Höhenmeter zu Fuß." Im Tal war es noch unangenehm schwül-warm und beim flotten Marsch lief schnell der Schweiß aus allen Poren. Vor allem Kurt musste sich erst einlaufen und, wie er es befürchtet hatte, dem Tempo seines Bruders anpassen. Er biss aber die Zähne zusammen und versuchte, nur durch langsam zunehmende Vergrößerung des Abstandes seinen Bruder etwas auszubremsen.

Gegen Mittag waren sie oben auf dem 1793 m. ü. M. hohen Berg angekommen und kehrten zum Mittagessen im Restaurant ein. Da hatten sie rund 800 Höhenmeter bewältigt. Nebenbei ließen sie die fantastische 360-Grad-Rundumsicht einige Augenblicke auf sich einwirken. Schon unterwegs, wie auch während dem Essen, drehten sich die Gespräche entweder über in den Bergen gemachte Erfahrungen und Erlebnisse oder um belanglose alltägliche Dinge.

Der Tag war noch zu jung, nur um bis zum Abend in oder außerhalb des Hauses herumzusitzen. Sie entschlossen sich deshalb, noch ein Stück weiterzugehen und dann im Gasthaus Staubern das Übernachtungsquartier zu suchen.

Der Weg oder eigentlich ein schmaler, wurzeldurchwachsener Pfad, verläuft dorthin moderat im Auf und Ab, tendenziell immer auf gleicher Höhe. Im Grunde war es vom Hohen Kasten aus für Geübte nur ein Pläsier-Weg. Gegen 16 Uhr betraten sie das Haus am Staubern, dem endgültigen Ziel für diesen Tag. Sie ließen sich ein Doppelzimmer geben und deponierten zuerst ihre Rucksäcke, dann gönnten sie sich einen Kaffee und bestellten sich jeweils eine Portion heißen Apfelstrudel mit Vanillesoße, die ihnen eine hübsche freundliche Bedienung am Tisch servierte. Diese Leckerei erwies sich als einen kulinarischen Genuss. Danach tranken sie noch ein großes Glas Apfelsaftschorle, das half, den bisherigen Flüssigkeitsverlust auszugleichen.

Den Tag über war es bilderbuchmäßig schön und die Sonne strahlte makellos vom azurblauen Himmel. Die Sicht bei klarer Luft war zudem traumhaft und schier endlos weit. Da fiel ihnen die oberhalb des Gasthauses hoch aufragende Felsnadel auf, die wuchtig das Gelände dominiert; wie ein Zahn oder wie eine verkleinerte Ausgabe des Zuckerhuts in Rio de Janeiro. „Der Abend ist noch lange, das Wetter blendend schön, da könnten wir doch noch dort hoch auf den Gipfel steigen", schlug Heinz vor, „quasi als kleine Übungseinheit." „Das kann nicht allzu schwer sein", meinte Kurt und willigte spontan ein.

Ohne Gepäck brachen sie auf, Heinz hatte aber für alle Fälle ein 20 Meter langes 6-mm-Seil geschultert. „Ich weiß ja nicht was kommt", begründete er es. Markierungen fanden sie nicht, sie suchten aber erst durch Latschenkiefern und loses Geröll, dann im felsigen Gelände einen geeigneten Weg nach oben. Mit geübtem Auge fand Heinz schnell eine begehbare Route im Felsen, in der sie in 2er- oder 3er-Kletterstellen ohne Seilsicherung mühelos aufsteigen konnten.

Das hatte kaum eine halbe Stunde gedauert und schon standen sie auf dem flachen Gipfelplateau, unmittelbar nahe dem Gipfelkreuz. Sie wurden von der atemberaubenden Sicht ins Rheintal angenehm überrascht, sahen hinüber zum Arlberg, und in Richtung Norden erkannten sie im gleißenden Licht der spätnachmittäglichen Sonne die Silhouette des Bodensees. „Ein wunderbarer Aussichtspunkt und ein Glück bei diesen Bedingungen", schwärmte Kurt. „Welch ein Zauber, welches Glück, so ganz weit oben über allem zu stehen und uns liegt die Welt zu Füßen. Solche eine Abwechslung sollte man viel öfters ergreifen. Das macht die Seele wieder für wirklich Wichtiges frei."

Die Brüder wünschten sich gegenseitig, wie es bei einer geglückter Gipfelbesteigung üblich ist: „Berg Heil". Zum Glück konnte Kurt keine Gedanken lesen und wusste deshalb nicht, was seinem Bruder wirklich gerade durch den Kopf ging.

Knapp hinter dem Gipfelkreuz fällt der Felsen senkrecht in die Tiefe und man musste nahe an den Rand treten, um unterhalb das Gasthaus sehen zu können, von dem sie aufgestiegen waren. Der Blick nach unten forderte für Kurt ein wenig Überwindung und Mut, der Magen schien sich ihm kurz zu heben. Rechts neben ihm stand Heinz, und dem schoss ganz kurz der teuflische Gedanke durch den Kopf: „Hier könnte ich doch schon meinen Plan umsetzen und vollendete Tatsachen schaffen." Doch er zögerte eine Sekunde zu lange und schon hatte Kurt einen Schritt rückwärts gemacht und stand wieder zwei Meter vom Abgrund in sicherer Entfernung. „Vielleicht war es gut so, der Gipfelpunkt liegt im Blickfeld vom Haus, und wer weiß, ob da nicht jemand mit dem Fernglas alles im Blick hatte. Der Teufel ist ein Eichhörnchen", besänftigte sich Heinz selber.

Die Sonne stand um diese Stunde und der Jahreszeit gemäß noch hoch, sodass keine Eile bestand, sofort wieder abzusteigen und ins vollbesetzte und somit laute Gasthaus zurückzukehren. Noch eine halbe Stunde ließen die Brüder die unvergleichliche Aussicht ein wenig auf sich einwirken, setzten sich auf die Felsen und wandten das Gesicht der Sonne zu. „Eine wenig Bräunung schadet nicht", meinte Heinz, denn beide zeigten im Gesicht die typische bleiche Bürofarbe. „Man sollte doch hinterher auch sehen, dass wir in den Bergen waren", ergänzte Kurt und lachte.

Nach dieser Verweildauer entschlossen sie sich dann doch für den Abstieg und suchten einen Weg nach unten. Das ging schneller wie aufwärts. Mit sich zufrieden kamen sie im Gasthaus an und suchten für den Rest des Nachmittags und den Abend einen passenden Tisch mit freien Plätzen. Die Gaststube war gut gefüllt, ein Tisch war nicht frei, aber sie fanden zwei freie Stühle an einem der 6er-Tische. Die dort Sitzenden hatten nichts dagegen, dass sie sich dazu gesellten.

Zufällig stellte sich heraus, dass ein Bergführer mit seinem Klienten am Tisch saß, die ebenfalls zum Säntis wollten, sich zuvor aber einen Abstecher auf den Altmann vorgenommen hatten, dem zweiten herausragenden Berg dieses Massivs. Dieser Klient und Bergsteiger war Vorstandssprecher eines ihrer wichtigen Kunden. So ergab sich gleich ein interessanter Ansatzpunkt für weitere Gespräche.

Obwohl beide Brüder in den letzten Jahren schon häufiger im Unternehmen in Mühlacker waren und Verhandlungen führten, hatte man persönlich noch nie miteinander zu tun gehabt, kannte sich aber von Unternehmen zu Unternehmen; der Name war gegenseitig zumindest ein Begriff. Da ergab es sich von selbst, dass sich die Gespräche hauptsächlich um fachliche und geschäftliche Dinge drehten. Man nahm sich vor, den nächsten Besuch unbedingt mit einem Geschäftsessen zu verbinden.

Der Abend zog sich länger hin, wie das eigentlich gewollt war, und alle hatten auch ein Gläschen mehr getrunken, wie man es bei bevorstehenden anstrengenden Bergtouren tun sollte. Aber was soll's, „man muss die Gelegenheiten, die das Leben bietet, nützen, sonst kommen sie nie wieder", da waren sie sich einig. Zum Abschluss und Absacker bestellte sich die Tischrunde noch für jeden einen „Williams", und dann wurde es Zeit die Zelte abzubrechen und sich in die Betten zu begeben.

Ein schlechtes Gewissen brauchte man nicht zu haben, es bestand kein Anlass, schon um 5 Uhr in der Früh aufzubrechen und den Weg zu begeben. Die Tagesetappe war weder lang, noch im Grunde sehr anstrengend, man erwartete nur eine satte Bergtour für Geübte. Somit wurde festgelegt erst um 7 Uhr aufzustehen, und um 8 Uhr, nach einem ausgiebigen Frühstück, wollten sie das Haus verlassen.

In der Nacht schlief Heinz schlecht. Immer wieder wurde er wach und seine Gedanken drehten sich um seinen Plan, da wollte er auf keinen Fall einen Fehler machen, stattdessen betont konsequent vorgehen und das beschäftigte ihn bis in den Schlaf. Er redete sich dabei immer wieder ein: „Mir steht die erste Stelle im Unternehmen zu und das werde ich auf keinen Fall aufgeben, koste es, was es wolle, und was sein muss, das muss sein. Das soll mit Gott hinterher ruhig gnädig sein und vergeben."

Geplagt von seinen unguten Gedanken drehte er sich im Bett unruhig von einer Seite zur anderen. Irgendwann legte er sich auf den Bauch und versuchte in dieser Stellung in den nötigen Schlaf zu finden. Viel zu früh meldete sich am Morgen der Armbanduhr-Wecker; einer Hightech-Uhr mit Höhenmesser, Temperaturanzeige, Messung des Höhenprofils und anderem technischen Schnickschnack, die er kürzlich gekauft hatte. Noch müde, erhob er sich vom Bett und wie im Tran wankte er ins Bad, um sich frisch zu machen. Auch sein Bruder war schon auf den Beinen, hatte die Toilette aufgesucht und wartete bis das Bad frei wurde. Anschließend frühstückten sie in aller Ruhe und ließen sich währenddessen vom Wirt ein Vesper für den Tag richten und in Alufolie eingepackt geben, sowie die Wasserflasche mit Mineralwasser füllen. Dann war es so weit. Sie beglichen die Rechnung, verließen im passenden Outfit mit Wanderjacke und Bergschuhen das Haus und begaben sich anfangs weitgehend schweigend auf den Weg.

Das Wetter hatte gehalten und die Sonne war wunderschön im Osten über dem Rheintal, Richtung Chur gesehen, da wo der Rhein, seinen Ursprung hat, aufgegangen und stieg von Minute zu Minute höher.

Auf dem nicht schweren, schmalen Bergpfad, immer etwas unterhalb des Kamms, hielten sie sich an die gute Wegbeschreibung und Markierung des Weges. Links und rechts blühten farbenprächtige Alpenblumen. Zierliche Blumenpolster fügten sich in die Felsspalten und Nischen der Steine, Alpenrosen bildeten weitflächig ein „Almrauschen" im schönsten Sinne. Bald tauchten an der linken Seite die markanten Kreuzberge auf und davor eine tief eingeschnittene Scharte, die einen unvergleichlichen Tiefblick in das Tal des noch jungen und aus dem Kanton Graubünden her fließenden Rheins ermöglichte. Der Ausblick und die geologischen Besonderheiten der Gesteinsformation boten einen willkommenen Anlass für ein kurzes Innehalten und eine Trinkpause. Dabei wurde philosophiert, wie sich diese Gesteinsverwerfungen oder Verfaltungen in ungeheuren Zeitabständen der grauen Vorzeit abgespielt haben könnten. Mit dem Gedanken an die Abläufe der Erdgeschichte verweilten sie eine Weile am gleichen Platz und schnell wurde noch einen Müsliriegel gegen den ersten Hunger nachgeschoben.

Noch fühlten sie sich konditionsmäßig frisch genug und konnten nach der kurzen Pause flotten Schrittes weitergehen. Ein oder zwei Kilometer führte der Weg durch ein offenes beweidetes Gelände noch leicht aufwärts, dann kamen sie in eine relativ flache Hochebene, die sich gemächlich durchlaufen ließ. Sie legten dabei ein wenig mehr Tempo zu und brachten in kurzer Zeit eine ansehnliche Strecke hinter sich.

Sie passierten eine Abzweigung, wo sich die Brüder entscheiden mussten, ob sie noch einen Abstecher zur Zwinglihütte machen oder doch lieber auf dem direkten Weg bleiben wollen. Nach kurzem Überlegen entschieden sich für letzteres und erreichten mühelos den Altmann-Sattel. Ein Blick auf die Uhr zeigte, dass sie gut in der Zeit lagen und fit genug fühlten sie sich auch. Kurzum haben sie beschlossen, noch einen kurzen Abstecher auf den 2435 m. ü. M hohen Altmann zu machen und so nebenbei diesen unschweren Gipfel auch mitzunehmen.

Gasthaus Staubern, mit dem Hausberg im Hintergrund, auf dessen Gipfel sie hochgeklettert sind

Der Aufstieg erwies sich weder als schwer noch zeitraubend und die Kletterei im Schwierigkeitsgrad II wurde beiden zu keiner Herausforderung. Nach einer halben Stunde standen sie oben am Gipfelkreuz des „Altus Mons", wie der Altmann in der Literatur bezeichnet wird. Dort verweilten sie einige Minuten und pausierten, während jeder für sich den grandiosen Rundumblick auf den Alpstein, und weiter über die Höhen der erhabenen und zahlreichen 3- und 4000er Alpengipfel im Sichtbereich auf sich einwirken ließ. Für Kurt war es zudem eine willkommene Pause, den Puls wieder runterzubringen. Auch wenn der Aufstieg relativ kurz war, kam sein Kreislauf doch gehörig in Schwung. „Alter, du musst wirklich noch etwas mehr für deine Fitness tun", gestand er sich in Gedanken ein. Seinem Bruder hätte er dieses Eingeständnis aber niemals gemacht; unter den aktuellen Gegebenheiten schon gar nicht.

Sein Blick ging dabei nun auch hinüber zum greifbar nahen Säntis-Gipfel, und beide waren sich einig, „die Fernsicht über die Höhen und in die Weite erschien an diesem Tag erstaunlich gut, die Luft zeigte sich klar und frisch." Unterhalb lag im leichten Dunst das Toggenburger Land im Kanton Appenzell. Dieser Kanton Appenzell ist – scherzhaft gemeint – das Land, über das die meisten Schweizer Witze kursieren. Man denkt da und spricht etwas langsamer. Das sollte man aber einem Schweizer nicht sagen, wenn man es sich mit ihm nicht verderben will.

Doch Spaß beiseite, Appenzell ist ein unvergleichlich schönes Land, mit liebenswerten, gemütlichen und sehr bodenständigen Menschen, saftig grünen gepflegten Wiesen voll mit Kräutern. Die Milch, der auf diesen Wiesen weidenden und wiederkäuenden Kühe, wird vorwiegend zu Käse verarbeitet und die Kräuter geben dem Bergkäse ein unvergleichlich würziges Aroma. Der berühmteste Ort dieser Region ist die Stadt St. Gallen mit uralter Geschichte und langer Tradition. Sie wurde schon im 7. Jahrhundert gegründet. Ein besonderer Schatz sind die alten Handschriften, die die Stiftskirche beherbergt.

Doch wieder zurück zur Tour. Nach diesem knackigen Abstecher auf den Altmann wandten sie sich behände abwärts, trafen wieder auf den ursprünglichen Weg, dem sie folgten und hinunter zum Rotsteinhaus am Rotsteinpass kamen, das sie von oben im Sattel schon lange sehen konnten.

Erstaunlich fanden sie, wie Teile des Weges dorthin im Stein mit Querrillen und leichten Stufen aus dem Felsen gehauen worden sind; „eine aufwendige Arbeit zugunsten der Wanderer um die Trittsicherheit auf dem Stein zu gewährleisten", wie Heinz anerkennend feststellte. „Da hast du viel zu erzählen, wenn du nach Hause kommst", bemerkte er mehr scherzhaft zu Kurt. Damit wollte er seinen Bruder mit Vertraulichkeit in Sicherheit wiegen.

Das Rotsteinhaus lag günstig, deshalb hielten sie Einkehr und bestellten bei der freundlichen und fürsorglich agierenden Wirtin ein verspätetes Mittagessen, dazu ein großes Glas Apfelsaftschorle. Bewusst schäkerte Heinz weiter, nur einen Tick zu aufgekratzt mit der Hüttenwirtin, machte einige Witze und – entgegen seiner Art – viele Komplimente. „Sie sollte sich gut an ihn erinnern können und andeuten, dass alles bestens aussah", war seine Absicht, wenn später einmal Nachforschungen nötig sein sollten.

Nach einer halben Stunde nahmen sie den Rucksack wieder auf, gingen vergnügt und fröhlich weiter und schon lag der berühmte aber für Könner nur mittelschwere Lisengrat direkt vor ihnen. Der Säntis wartete und damit ein die exponierte, nördlich vorgelagerte Lage des Alpsteins. Der Berg ist eine von weither sichtbare Landmarke und voller Wetter-Superlativen – die weltweit längste Messreihe einer Bergstation, der nässeste Ort der Schweiz, zählt die meisten Blitzeinschläge und die größte jemals gemessene Schneehöhe der Schweiz. Das Wetter mit seinen elementaren Auswirkungen am Berg wird nun für die Besucher in der neuen Erlebniswelt «Säntis – der Wetterberg» erlebbar gemacht. Das war aber für Heinz und Kurt zu diesem Zeitpunkt nur ein winziges Teil aus ihrem umfangreichen Allgemeinwissen – auch in Bezug zur Bergwelt und einer imposanten, beeindruckenden Natur.

20

Das Verhängnis naht

Der Lisengrat verläuft mal links, mal rechts des Bergkammes, geht auf und ab im Zickzack und tendenziell in nördlicher Richtung, dabei stets aufwärts hin bis zum höchsten Punkt des Massivs, dem Gipfel des sagenhaften Säntis. Der Pfad ist an sich gut gesichert, hat aber ausgesetzte, sehr luftige Passagen. Eine Benützung eines Klettersteig-Sets ist bei diesem, für schwindelfreie und trittsichere Wanderer relativ leichten Weg, nicht nötig, doch für Ängstliche durchaus empfehlenswert. „Der Felsenweg erweist sich als ein spannender, wenn auch durch viele Sicherungen gezähmter Wegabschnitt, mit schwindelnden Tiefblicken und fantastischen Ausblicken ins Säntis-Massiv der östlichen Schweiz", lesen wir in der Literatur.

Vorsorglich hatten sie gleich zum Beginn einen Helm aufgesetzt, wie es in einem Klettersteig selbstverständlich sein sollte. Wer kennt das nicht? Schnell passiert es, und man tuschiert mit dem Kopf einen Felsen oder es kommen Steinchen wie Geschosse von oben, die durchaus schmerzhafte Verletzungen verursachen können. „Man kann also nie wissen und besser ist besser."

Gewisse exponierte Stellen der Felsen haben Fixseile, an denen man sich festhalten kann, wenn man will oder sich unsicher fühlt. Das kurze Greifen nach den Seilen gibt mental eine gewisse Sicherheit. Vor allem bei Gegenverkehr – und den gab es bei diesem schönen Wetter reichlich – wie Heinz missmutig feststellte, ist das nützlich. „Das wird doch hoffentlich nicht meinen Plan durchkreuzen", befürchtete er insgeheim und war etwas beunruhigt.

Der Weg ließ flottes Steigen zu und in etwa dreißig Minuten hatten sie gut die Hälfte des Weges schon hinter sich gelassen. Hier kamen sie in einen Bereich, wo es rechts abgrundtief senkrecht nach unten geht. Die Tiefe schien endlos zu sein. „Das ist das Areal, wo ich meinen Plan umsetzen will. Das muss wie ein Unfall aussehen", ging es jetzt Heinz durch den Kopf und er hoffte sehr, dass in den nächsten Minuten niemand entgegenkommt oder sich in der Nähe im sichtbaren Bereich bewegt. „Komm, jetzt muss ich nur dicht hinter Kurt bleiben", nahm er sich vor, „immer in greifbarer Reichweite und dann...", so hatte er die bewusste Situation sich immer und immer wieder ausgemalt, so wollte er es umsetzen: „Zack, ein kurzer, kräftiger Schubs, ein schneller Rempler und das Schicksal nimmt seinen Lauf und ich bin mein Problem los."

Sein Puls schlug bei diesem Gedanken unwillkürlich schneller, ohne dass er es wollte, und er ärgerte sich ein wenig darüber. „Tausendmal hab ich in Gedanken diesen Wegabschnitt schon vor mir gesehen und mir genau diesen Augenblick vorgestellt, den Ablauf durchgespielt, Heinz, nun wird es ernst. In den nächsten ein, zwei Minuten muss es passieren, jetzt muss ich nur die Nerven behalten."

Unauffällig näherte er sich noch etwas mehr seinem Bruder und schon befand er sich nur noch eine Armlänge hinter ihm. Es zuckte ihm bereits in den Armen, und nur noch wenige Schritte, dann wollte er seinen Bruder heftig von links rempeln, alles andere würde sich ergeben. „Wenn es wirklich unbemerkte Zuschauer geben sollte, muss das wie ein Versehen aussehen; wie wenn ich gestolpert bin und im Fallen meinen Bruder mitgerissen habe oder ihm einen unbeabsichtigten Stoß gegeben habe", so sein teuflischer Plan.

Wie der Blitz aus heiterem Himmel löste sich plötzlich von weit oberhalb eine kleinere Steinlawine. Ein dumpfes Rumoren, Poltern und Zischen hing verhängnisvoll in der Luft. Kleinere und größere Steine kamen wie Geschosse von oben angeflogen und sausten pfeifend an ihnen vorbei. Kurt hatte sich sofort instinktiv platt an die Wand geworfen und hielt sein Gesicht direkt und dicht an den Felsen gepresst, die Hände dabei schützend über den Kopf gehalten, so wie es im Lehrbuch für solche Fälle stand. Heinz stand in diesem Augenblick nur etwa einen Meter hinter ihm. Dumpf vernahm Kurt plötzlich einen Aufschlag und gleichzeitig einen kurzen, spitzen Schrei seines Bruders. Im Blick aus den Augenwinkeln nach links sah er, wie dieser im Zeitlupentempo in sich zusammensank und längelang auf den Weg fiel, hart am Abgrund. Und immer noch kamen weitere Steine mit giftigem Pfeifen von oben. Kurt traute sich deshalb gar nicht sich weiter umzublicken oder sich zu bewegen.

Eine gefühlte Ewigkeit verging, bis es gespenstig ruhig wurde und er sich nun wagte, sich vom Felsen zu lösen. Vorsichtig und suchend blickte er nach oben: „Ist die Luft jetzt rein, gibt es noch mehr Steinschlag, was war die Ursache? Sind Gämsen unterwegs oder war es ein großer Vogel, der den Steinschlag auslöste? Er konnte die Ursache nicht erkennen.

Nun drehte sich Kurt nach seinem Bruder um. Entsetzt sah er ihn auf dem schmalen Steinsims liegen und sich nicht mehr rühren. Etwas Blut war bei Heinz vom Kopf ausgetreten und bildete auf dem Fels eine rote Pfütze. Der durch einen Stein zerschmetterte Helm saß noch auf dem Kopf. Offensichtlich hatte ein massiver Stein von oben ihn direkt getroffen und die Hülle des Helms glatt durchschlagen. Beängstigende Stille herrschte, der Steinschlag hatte aufgehört und alles schien nur noch ein böser Spuk gewesen zu sein.

Schon war Kurt über dem verunglückten Bruder und nahm ihm vorsichtig den Helm vom Kopf. Der Schädel wies eine klaffende, leicht blutende tiefe Verletzung auf und Kurt befürchtete sofort: „Himmel, das sieht nicht gut aus." Beim Anblick und im Bewusstsein, was geschehen ist, wurde es ihm etwas schwindlig und leicht übel. Alles drehte sich in seinem Kopf. „Nun nur bloß nicht auch noch abstürzen", war seine Sorge.

Mit zitternden Fingern wählte er auf dem Handy die Europa-Nummer 112 und ließ mit stotternder Stimme die „Alpine Rettung" ARO im Appenzeller Land in Sankt Gallen rufen. Die Nummer hatten er und sein Bruder zu Hause schon vorsorglich eingespeichert.

Keine 15 Minuten vergingen und ein Hubschrauber brachte den Notarzt, der am Seil herunter abgelassen wurde. Mit geübtem Blick und ohne aufwendige Untersuchungen anstellen zu müssen, sah der, dass da nichts mehr zu retten ist und sagte Kurt zugewandt: „Sie müssen ganz stark sein, der Verunglückte war offensichtlich auf der Stelle tot und hat vermutlich das nicht einmal mitbekommen, bemerkte nicht einmal, was überhaupt los ist und was da passierte."

Stumm drückte er Kurt die Hand, der jetzt hemmungslos schluchzte. Inzwischen war auch ein zweiter Retter von oben per Seil herabgelassen worden und dazu gekommen. Nachdem Kurt sich ein wenig gefangen hatte, wollte der fürs unvermeidliche Protokoll wissen, was denn genau passiert ist. Viele Worte brauchte der Trauernde nicht machen, der kindskopfgroße spitze Stein lag nicht weit entfernt und wies deutlich sichtbare Spuren vom tödlichen Aufprall auf, und viele weitere, kleinere und größere Steine fanden sich zerstreut in der Umgebung, die eindeutig dem zuvor abgegangenen Steinschlag zuzuordnen waren. „Das kam so plötzlich und unerwartet. Eine Ursache war nicht zu erkennen. Ich habe weder Tiere gesehen, noch einen Menschen", stammelte Kurt, wieder von Weinkrämpfen durchschüttelt.

Nach Abschluss dieses formalen Vorganges machte der zweite Mann einige Fotos vom Toten und vom Unfallort, und dann wurde der Leichnam in einen Transportsack verstaut und in den Hubschrauber hochgehievt. Der Retter übergab Kurt einen Gurt, mit der Bitte, ihn anzulegen, damit er auch vom Hubschrauber aufgenommen und nach St. Gallen mitgenommen werden kann. „Dort müssen weitere Formalitäten erledigt werden", sagte er.

In wenigen Minuten landete der Hubschrauber neben dem Kantonsspital in St. Gallen. Der eingepackte Leichnam wurde in Empfang genommen und auf einer fahrbaren Liege in den Kühlraum gebracht. „Dort wird noch eine pathologische Untersuchung folgen und auch der Staatsanwalt ist eingeschaltet werden müssen. Dieser will sicher auch einen Blick auf den Verunfallten werfen", sagte der Arzt an Kurt gewandt. „Das ist in so einem tragischen Fall das übliche Procedere."

„Bis der Leichnam freigegeben wird, wird es sicher ein oder zwei Tage dauern. Das ist ganz normal bei einem Unglücksfall in den Bergen", sagte man ihm weiter. „Eigentlich ist es reine Routine, bei so klaren, nachvollziehbaren Umständen. Es muss aber alles wasserdicht sein, wegen der Versicherung und so weiter, sie verstehen!", hörte Kurt wie im Nebel von seinem Gegenüber. „Sollen wir Ihnen einen Besuch der Spitalseelsorgerin veranlassen. Wir haben eine echte Kapazität im Haus. Oder haben sie andere Ansprechpersonen?"

Jetzt fiel Kurt siedend heiß ein, dass die Eltern noch benachrichtigt und informiert werden müssten. „Ach, wie soll ich ihnen das bloß erklären?" Schweiß trat ihm bei dem Gedanken auf die Stirn und es wurde ihm wieder leicht schwindelig. Der Boden schien unter seinen Füßen zu schwanken. „Geht es Ihnen nicht gut?", hörte er fragen. „Sollen wir ihnen etwas zur Beruhigung geben?" „Nein, nein, es geht gleich wieder. Ich muss jetzt nur irgendwie an die frische Luft und einen klaren Kopf bekommen."

„Gibt es ein seriöses Institut, das sich um den Toten und alle damit zusammenhängenden Maßnahmen und Formalitäten kümmern kann, wenn die Freigabe da ist?", stellte er fragend mit stockender Stimme, aber doch wieder gefasster. „Der Transport nach Haslach sollte übernommen oder organisiert werden. Ich denke, dass auf Wunsch der Eltern keine Verbrennung vor Ort infrage kommt." „Partner des Hospitals ist das Bestattungsinstitut Reimann in St. Gallen. Ich gebe ihnen die Telefonnummer, damit sie sich mit denen direkt in Verbindung setzen können." „Okay, mehr können wir jetzt nicht tun."

„Nun muss ich zuerst noch mit meinen Eltern telefonieren und sie schonend auf die Tragödie vorbereiten. Bitte, würden sie mir auch ein Taxi bestellen, denn ich muss zum Auto kommen, das in Brülisau auf der anderen Bergseite geparkt ist." „Gerne, ich veranlasse das." Die Bediensteten des Spitals waren wirklich zuvorkommen und pietätvoll hilfsbereit.

Derweil kam eine Schwester in den Raum und brachte persönliche Gegenstände aus den Taschen des Toten, die Kurt in den Rucksack seines Bruders verstaute, den er bei der Bergung zu seinem eigenen mit übernommen und hier die ganze Zeit über neben sich stehen hatte.

Schweren Schrittes verließ er den Raum und hielt dem Ausgang zu. Der Taxifahrer wartete draußen schon, und dem Fahrer gab Kurt den Auftrag, ihn zum Parkplatz in Brülisau zu bringen. Während der Fahrt wählte er die Nummer seiner Eltern in Cannes. Beim ersten Versuch nahm dort niemand ab, anscheinend waren sie nicht zu Hause oder sonst wie verhindert. „Soll ich den Anruf über deren Handy probieren?", überlegte er kurz. „Nein, das werde ich nicht tun, wer weiß, wo sie sich gerade aufhalten und ob es gut ist, dort so eine traurige Botschaft zu erfahren?", so seine weitere Überlegung, was durchaus Sinn ergab.

In etwa einer halben Stunde waren sie beim Auto des Bruders, Kurt bezahlte die Fahrt und verließ das Taxi. Während er beide Rucksäcke im Kofferraum verstaute und anstelle der Bergschuhe bequemere Straßenschuhe anzog, liefen ihm wieder Tränen über die Wangen und er weinte hemmungslos. In diesem Gemütszustand konnte er unmöglich losfahren.

Mit einem tiefen Seufzer und endloser Trauer ließ er sich in den Sitz fallen und lehnte den Kopf zurück. Der weite Weg und die nicht wenigen Höhenmeter, die sie seit dem Morgen zurückgelegt hatten, dazu die ganze Anspannung, forderten jetzt ihren Tribut. Nun fühlte er sich todmüde und wie gelähmt. Kurz suchte er den Knopf, mit dem sich der Autositz verstellen ließ und brachte ihn in eine Liege-Position. Auf diese Weise konnte er sich ein wenig entspannen, ohne dass seine Gedanken zur Ruhe kamen.

„Was für ein entsetzlicher Tag, was für ein ungerechtes Schicksal", klagte er laut. Dabei wusste er nicht, ja, er konnte es nicht einmal erahnen, welche Pläne sein Bruder gehegt hatte, was tatsächlich wie ein Damoklesschwert oben in den Bergen über ihm unheilvoll geschwebt war.

Noch einmal versuchte er seine Eltern zu erreichen und tatsächlich bekam er nun den Vater ans Telefon. „Kannst du dich erst einmal niedersetzen?", begann Kurt mit einer Frage. „Natürlich Kurt, ich sitze gemütlich in meinem Sessel", erwiderte nichtsahnend der Vater, „was ist los?" Mit stockender Stimme schilderte ihm Kurt was passiert war. Am anderen Ende war Schweigen. „Bist du noch dran, hörst du überhaupt zu?", rief Kurt nach kurzem Zögern ins Telefon. „Ja, ja, ich bin noch dran, mir hat es nur die Sprache verschlagen, ich bin fassungslos. Mein Gott, das ist doch nicht möglich, warum das nur?"

Dann hörte Kurt nur noch ein Schluchzen. Es schien eine Ewigkeit zu dauern, während beide kein Wort sprachen, bis Kurt wieder Fassung gewann und bat: „Vater, bring es der Mutter bitte schonend bei und dann kommt so schnell wie möglich nach Hause, ich erwarte euch dort. Morgen werde ich in Haslach zurück sein und alles für eine Trauerfeier vorbereiten und veranlassen. Allzu lange kann es nicht dauern, bis der Leichnam freigegeben wird und nach Haslach überführt werden kann." „Ja, Kurt, mach es so, wir werden spätestens morgen Abend zu Hause sein."

Noch eine Stunde verharrte Kurt im Auto, bis er den Wagen startete und mit mäßigem Tempo nach St. Gallen zurückfuhr. Er hatte noch für den späten Abend ein Treffen mit einem Mitarbeiter des Beerdigungsinstituts vereinbart und traf ihn dort pünktlich an. Mit knappen Worten wurde alles nötige besprochen und er unterschrieb ein halbes Dutzend Formulare. „Da der Leichnam über die Grenze transportiert werden muss, ist ein Zinksarg nötig", informierte der Mitarbeiter des Institutes. „Es wird alles veranlasst, und sobald die Freigabe vorliegt, erfolgt die Überführung. Wir werden sie über alle Schritte telefonisch auf dem Laufenden halten." „Das ist gut so", und Kurt nickte, „ich verlasse mich in allem voll auf sie. Vorsorglich gebe ich ihnen noch meine Handy-Nummer, sodass sie mich praktisch jederzeit erreichen können."

Nachdem auch dieser unangenehme, doch notwendige Schritt getan war, suchte er ein Zimmer zur Übernachtung. An diesem Tag wollte er auf keinen Fall mehr nach Hause fahren. Sein Gesprächspartner hatte ihm das „Hotel Traube" am Ort empfohlen, und dort fand er auch ein freies Zimmer. An der Bar trank er noch ein Bier. Anschließend zog er sich ins Zimmer zurück und fiel wie ein Stein ins Bett, ohne dass er in dieser Nacht richtig einschlafen konnte. Tausend Gedanken beschäftigten ihn, sodass er sich zwingen musste, innerlich etwas zur Ruhe zu kommen. Wenn er kurz einschlief, wachte er erschreckt durch böse Albträume geplagt bald wieder auf. Erst irgendwann gegen Morgen fiel er in einen bleiernen Schlaf, aus dem er immer wieder abrupt erwachte und sich orientieren musste, wo es sich denn befand und realisierte was passiert war.

Nach einem kurzen Frühstück am nächsten Morgen verließ er das Hotel und fuhr ohne Stopp nach Hause. Immer noch musste er sich unterwegs zwingen, mehr auf den Verkehr und die Straße zu achten, sich konzentrieren, und trotzdem ertappte er sich ständig dabei, wie seine Gedanken abschweiften und ihm schmerzlich bewusster wurde: „Ich habe nicht nur meinen Bruder verloren, sondern auch einen wichtigen Mann im Unternehmen; den Technischen Leiter und Prokuristen. Ach, ach, wie soll ich diesen Fachmann auf die Schnelle bloß ersetzen? Das wird ein harter Brocken werden und was wird sonst noch alles auf mich zukommen? Ist es notwendig, dass vielleicht mein Vater vorerst wieder einspringen muss?" Fragen über Fragen, bis er endlich zu Hause eingetroffen war.

Er nahm sich zwar vor, sich darüber oder die nahe Zukunft jetzt keine weiteren Gedanken mehr zu machen. Erst einmal war vieles andere viel wichtiger, und dann würde man schon weitersehen. Gelungen ist es ihm nicht einmal ansatzweise.

Mit schweren Schritten durchschritt er die Hauseingangstür, legte im Flur die Rucksäcke ab, ging ins Zimmer, wo er, ohne sich vorher seiner Kleider zu entledigen, auf sein Bett fallen ließ. Die Minuten kamen ihm wie Stunden vor, es können aber tatsächlich allenfalls fünfzehn oder zwanzig Minuten gewesen sein, in denen er in dieser Lage wie gelähmt dagelegen ist.

Von der inneren Unruhe getrieben, erhob er sich wieder und rief zuerst im Unternehmen seine Sekretärin an und bat sie, noch für den Nachmittag eine Zusammenkunft der führenden Mitarbeiter und Abteilungsleiter zu organisieren. Mehr sagte er ihr noch nicht. Für alles Weitere war nach dieser Zusammenkunft noch ausreichend Zeit.

Tief erschüttert nahmen am Nachmittag die Führungskräfte die traurige Nachricht auf und man sah nicht nur feuchte Augen. Gerade im technischen Bereich war Heinz beliebt, und so traf es viele wie ein Keulenschlag.

Nach dieser Zusammenkunft im Büro ging er wieder nach Hause. Es war jetzt auch an der Zeit, dass er Natascha anrief und ihr zuerst mitteilte, dass er wieder zurück ist, und dann wollte er sie ja auch schonend über den fassungslosen Umstand des Unglücks informieren.

Gegen Abend trafen seine Eltern in Haslach ein. Tief gebeugt betraten Vater und Mutter das Haus. Es schien, der Vater war über Nacht um Jahre gealtert, und man sah beiden von weitem an, wie sehr sie dieser Schicksalsschlag getroffen hat und mitnimmt.

Wie würde es sein, wie wäre es gewesen, wenn es anders gekommen wäre? Das bleibt aber für alle Zeiten ein ungeklärtes, dunkles Geheimnis. Nur der Betroffene selbst wusste, was er geplant hatte und was er tun wollte. Die anderen hatten davon nicht einmal den Hauch einer Ahnung. Das nahm er mit ins Grab. Nun musste sich Heinz wohl in der geistigen Welt damit auseinandersetzen. Vielleicht empfand er im Rückblick die ungewollte Wende als eine Strafe, oder vielleicht empfand er möglicherweise Dankbarkeit, dass er vor dem bösen, verhängnisvollen Tun bewahrt geblieben ist und betrachtet es als Chance im Blick auf das ewige Heil?

Das Gewissen

Unser Herz bestimmt,
Was wir Menschen sind,
Wird in guten Tagen,
Dir schönes sagen,
Bei bösen Taten,
Wird es dich mahnen,
Zum Guten raten,
Du musst' s nur befragen.
Rei©Men

Stille Stunden

Der Sinn des Leidens
Ohne Leiden keine Lebensfreude,
Ohne Schmerz kein Wohlbefinden,
Ohne Sehnsucht nie Erfüllung,
Ohne Sorgen gibt's kein Glück.
Ohne Streit keine Versöhnung,
Ohne Lebewohl kein Wiederseh'n,
Ohne Lüge keine Wahrheit,
Ohne Liebe niemals Treue.
Ohne Tod gäb' es kein Leben,
Ohne Krieg auch keinen Frieden,
Ohne Not keine Erlösung,
Ohne Licht nur Dunkelheit.
Das Böse mahnt zum Guten,
Chaos zur Vollkommenheit,
Schuld verlangt nach Sühne,
Dissonanz nach Harmonie.
Rei©Men

Das ewige Leben

Es gibt es, das ewige Leben,
für uns Menschenwesen.
Wenn abgelaufen unsere Uhr,
wandeln unsere Atome sich zur Natur.
Werden zu Bausteinen neuen Lebens
und neuer Wesen.
Auch Universen erschaffen sich unendlich neu,
bleiben den Naturgesetzen treu.
Wir können`s nur ahnen, soviel steht fest,
dass man uns kleine Menschlein, nicht alles wissen lässt.
Rei©Men

Vorwärtsdenken

Manchmal tut das Leben weh,
es verzeihet selten Fehler,
doch des Schicksals Zirren schnell vergeh'n,
nur an schöne Zeiten gern, erinnert sich ein Jeder.
Schau immer nach vorn und lebe dein Leben nicht zurück,
vielleicht erhascht du dann ein Zipfelchen vom Glück.
Rei©Men

Schicksalsschläge

Schlägt das Schicksal zu in aller Schwere,
Es liegt ein Sinn in allen Dingen,
Denn wenn der Schmerz nicht wäre,
Hätt' man auch kein Glücksempfinden.
Rei©Men

Leser-Information zu Walter W. Braun

Der Autor Jahrgang 1944, ist Kaufmann mit abgeschlossenem betriebswirtschaftlichem Studium. Bis zum Ruhestand war er als Handelsvertreter aktiv. Um dem Tag Sinn und Struktur zu geben, begann er Bücher zur eigenen Biografie oder Fiktionen zu unterschiedlichen Themen - teils mit realem Hintergrund - zu schreiben. Es ist ein Zeitvertreib und spannend, wie sich von einer Idee, der Bogen zwischen fiktiver Geschichte hin zur schlüssigen Story entwickelt. Wichtig ist es dem Autor, dem Leser ohne große Schnörkel und literatursprachlichen Raffinessen, spannende Unterhaltung zu bieten, oft gestützt mit seiner subjektiven Meinung. Er will durch seine Erzählungen zudem Hintergrundwissen vermitteln, Hinweise auf landschaftliche oder historische und geschichtliche Besonderheiten geben und mit informativ bildhafter Darstellung an reale Plätze führen, wo sich die dargestellte Handlung abgespielt hat. Wenn es den Leser anregt sich selbst vom Handlungsort, den Schauplätzen, ein Bild zu machen, ist das Ziel erreicht.

www.schwarzwaldautor.de

Weiterlesen? Im Handel erhältliche Titel des Autors:

Alle Bücher sind kurzfristig bei BoD, Buecher.de (versandkosten-frei), Amazon und anderen im Internethandel, erhältlich, ebenso im örtlichen Buchhandel, sowie als E-Books.

Mehr: **www.schwarzwaldautor.de**

Leben ist Glück genug - Vom Schwarzwald zur Seefahrt bei der Marine
Paperback, 280 Seiten, 8 Farbbilder, ISBN 9-783-735-743-411

Aufwärts ist längst nicht oben
Paperback, 356 Seiten, 35 Farbseiten, ISBN 9-783-735-739-056

Top-Touren im Südwesten - für geübte und konditionsstarke Wanderer
Paperback, 160 Seiten, 45 Farbseiten, ISBN: 9-783-750-431-430

Zu Fuß dem Südwesten hautnah 111 Tipps und mehr - ein etwas anderer Wanderführer
Paperback, 260 Seiten, 46 Farbbilder, ISBN 9-783-738-628-814

Deutsch-Französische Liaison - C'est la vie
Paperback 116 Seiten, 13 Farbbilder, ISBN 9-783-739-223-629

Drama am Breithorn
Paperback, 108 Seiten, 6 Farbbilder, ISBN 9-783-734-765-131

Verschollen am Großvenediger - Hilflos in eisiger Sphäre
Paperback,156 Seiten, 11 Farbbilder, ISBN 9-783-738-645-484

Zu fit für den Ruhestand - zu alt für einen Job
Paperback, 108 Seiten, 11 Farbbilder, ISBN 9-783-735-743-213

Der Spieler - Ein ungewöhnlicher Kriminalfall
Paperback, 132 Seite und 6 Farbbilder, ISBN 9-783-734-776-199

Im Banne des Moospfaff
Paperback, 120 Seiten, 10 Farbseiten, ISBN 9-783-741-226-601

Dunkel überm Eulenstein - Tragödie auf der Bühlerhöhe
Paperback, 144 Seiten, 12 Farbseiten, ISBN 9-783-741-299-490

Reflexion des Lebens in Lyrik und Prosa
Paperback, 140 Seiten, 23 Farbseiten, ISBN: 9-783-741-276-576
Resi's Gedichte und sonst nichts
Paperback, 144 Seiten, 8 Farbbilder, ISBN 9-783-734-771-965
Glauben ist einfach - oder einfach glauben
Paperback, 340 Seiten, 25 Farbseiten, ISBN 9-783-735-722-829
Lach mal wieder
Eine Sammlung von 163 Liedern, Vorträgen und Sketchen
Paperback, 292 Seiten, 17 Farbbilder, ISBN 9-783-741-228-766
Über Grenzen gehen - Wenn einer eine Reise tut...
Paperback, 360 Seiten, 26 Farbseiten, ISBN 9-783-734-746-925
Sabotage im Weinberg - Tatort Durbach
Paperback, 124 Seiten, 12 Farbseiten, ISBN 9-783-741-297-250
Mein Freund der Alkohol - Kritische Betrachtung eines ambivalenten Genussmittels
Paperback, 244 Seiten, 18 Farbseiten, ISBN 9-783-743-138-612
Der Eremit vom Wilden See - Ein entschlossener Aussteiger
Paperback, 252 Seiten, 29 Farbseiten, ISBN 9-783-744-856-829
Meine Rache ist Amok
Paperback, 236 Seiten, 5 Farbseiten, ISBN 9-783-749-453-061
Der Seppe-Michel vom Michaelishof - Eine Schwarzwald-Saga
Paperback, 304 Seiten, 23 Farbseiten, ISBN 9-783-746-026-308
Michaelishof Eine Tochter muss sich behaupten
Schwarzwald-Saga Teil 2
Paperback, 336 Seiten, 23 Farbseiten, ISBN 9-783-744-840-392
Gottes Wesen verstehen
Paperback, 256 Seiten, 12 Farbseiten, ISBN: 9-783-751-972-734
Der Blitz-König – Eine Story über Aufstieg, Macht und Geld
Paperback, 312 Seiten, 19 Farbseiten, ISBN: 9-783-752-660-098
Leben im Corona-Nebel
Paperback, 220 Seiten, 9 Farbbilder, ISBN: 9-783-752-610-161